KB262165

이문혁 장편 소설

FUSION FANTASTIC STORY

PURSUER 2

이문혁 장편 소설

초판 1쇄 찍은 날 § 2013년 2월 21일
초판 1쇄 펴낸 날 § 2013년 2월 28일

지은이 § 이문혁
펴낸이 § 서경석

편집부장 § 권태완
편집책임 § 박은정
편집 § 박우진
디자인 § 신현아

펴낸곳 § 도서출판 청어람
등록번호 § 제1081-1-89호
등록일자 § 1999. 5. 31
어람번호 § 제1-1551호

주소 § 경기도 부천시 원미구 심곡2동 163-2 서경B/D 3F (우) 420-822
전화 § 032-656-4452팩스 § 032-656-4453
http://www.chungeoram.com
E-mail § chungeorambook@daum.net

2

이문혁 장편 소설

FUSION FANTASTIC STORY

-BONG CENTER-

PURSUER

퍼슈어

Big problem

Contents

CHAPTER 01
Bait(베이트)

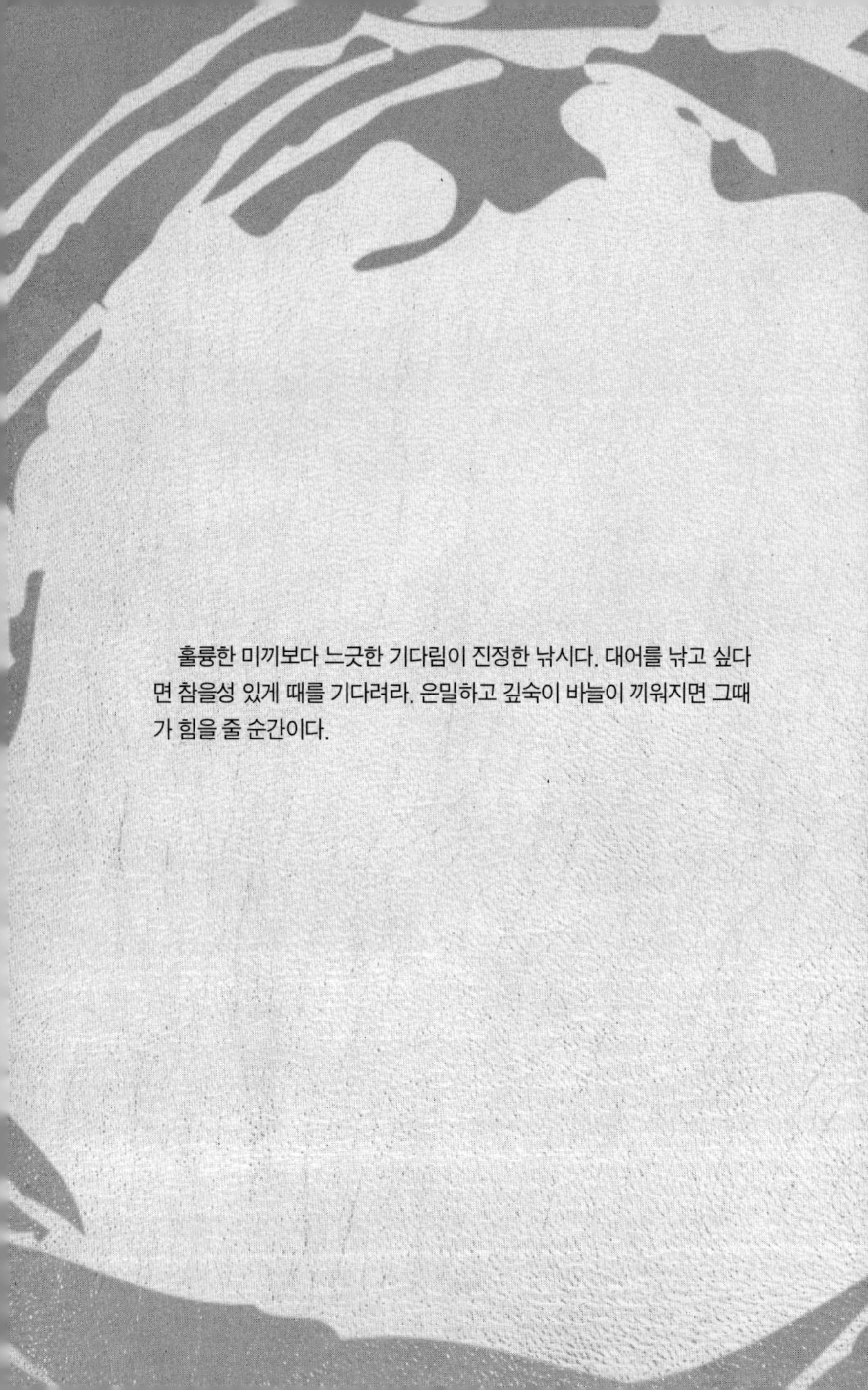

훌륭한 미끼보다 느긋한 기다림이 진정한 낚시다. 대어를 낚고 싶다면 참을성 있게 때를 기다려라. 은밀하고 깊숙이 바늘이 끼워지면 그때가 힘을 줄 순간이다.

퍼슈어
PURSUER

"그걸 왜 지금에서야 이야기하는 건데!"

고주봉은 일그러진 얼굴로 봉방규의 멱살을 잡아 올렸다.

"그… 그게……."

"레이가 왔던 날 바로 이야기했어야지. 이제 어떻게 할 거야?"

"어떻게 하다니……."

"너 일부러 그런 거지?"

고주봉은 봉방규를 잡아먹을 듯 노려봤다.

"아주 기회를 잡았구나. 이번 기회에 레이를 쫓는 놈들을 동원해 날 묻어버릴 작정인거야.”

봉방규는 급하게 손을 흔들었다.

“날 어떻게 보고! 내가 다른 사람의 손까지 빌리면서 널 공격할 리가 없잖아! 봉 센터가 문을 닫고 네가 무릎을 꿇는 것은 어디까지나 내 능력에 의해서다!”

“멍청이. 아이큐만 높았지 사고력은 형편없는 루저 같으니라고.”

“모욕적인 발언이군! 취소해라!”

“네가 왜 바보인지 지금 당장 증명해 주지.”

고주봉은 더 이상 봉방규와 말을 섞고 싶지 않다는 듯 권 검사와 곽 반장 일행을 바라봤다.

“솔직하게 이야기합시다.”

박력이 넘치다 못해 분노를 쏟아내던 고주봉에 네 사람은 고개를 끄덕였다. 평소 세상만사 자신의 손안에 있다는 듯 낯짝 두껍게 움직이던 그가 예상 밖의 모습을 보였기 때문이다.

“레이에 대해서 알아봤겠죠?”

“일단 그런 상황을 겪은 데다 레이란 사람의 위험성을 생각해서…….”

권 검사가 대답을 하고 나머지 사람 역시 그렇다는 듯 고개를 끄덕였다.

“외국인이니 국내 데이터베이스를 뒤지지 않았을 것이고.

인터폴 쪽에 도움을 요청했겠군요."

"그랬습니다."

"아무래도 국내에선 알아볼 방법이 없으니……."

권 검사의 대답에 곽 반장 역시 동의했다. 고주봉은 답답한 듯 한숨을 내쉬더니 제임스 봉을 바라봤다.

"봉방규! 이래도 네가 바보가 아니라는 거냐?"

봉방규는 고주봉의 질문이 아니더라도 이미 표정은 엉망이 되었다.

"아무리 CIA라 해도 그 짧은 시간에 이곳까지 알아내지는 못했을 거다. 일단 안가로 자리를 옮겨서……."

봉방규는 아직 시간이 있을 거라며 지금이라도 방법을 찾자고 했다.

"아니. 놈들이 얼마나 빠른 놈들인데, 아마 인터폴에 신원 요청이 들어간 순간부터 조사자가 누구인지 파악하고 감시를 붙였을 거다. 지금쯤 봉 센터 주변을 놈들이 봉쇄했다고 보는 게 맞아."

"그럴 수도 있겠지만……."

"만약 레이가 CIA에 쫓기고 있다는 것을 삼 일 전에 알았다면 설사 놈들이 이곳을 알아냈다고 해도 얼마든지 막을 방법이 있었다. 아무리 놈들의 능력이 좋다고 해도 공개적으로 도발해 오진 않았을 테니까. 여기 네 사람의 도움만 받아도 놈들이 날뛰는 건 불가능하지. 대한민국 공권력이 정식으로 움직이면 놈들도 눈치를 볼 수밖에 없으니까.”

“음…….”

봉방규는 짧게 신음을 흘렸다.

“네 말이 사실이라면 이러고 있을 시간도 없잖아.”

“밖으로 나갈 수 없다면 놈들도 안으로 들어올 수 없게 해야지. 일단 시간을 버는 게 우선이다. 미스 황은 출입구를 봉쇄하고 신 영감은 보안체계를 최상급으로 조정해 주세요.”

“알겠습니다.”

“알았다.”

두 사람이 재빨리 각자 위치로 움직이자 이번엔 권 검사와 곽 반장에게 부탁했다.

“이제부터 우리가 살고 죽는 것은 권 검사님과 곽 반장님 손에 달렸습니다.”

“방법을 알려주시죠.”

“어떻게 하면 되지?”

권 검사와 곽 반장이 소파에서 몸을 일으켰다. 이미 봉 센터와 관련된 일이 상식을 벗어나 있음을 알고 있기에 고주봉이 ‘살고 죽는다’는 말을 했을 땐 빈말이 아님을 알고 있었다.

“각자가 동원할 수 있는 힘을 이쪽으로 모아야 합니다.”

“하지만 이 안에선 핸드폰 작동이⋯⋯.”

“핸드폰은 기지국 전파를 차단시켜서 어쩔 수 없지만 유선 전화는 잘 작동합니다.”

고주봉은 자신의 책상 위에 있는 전화기를 가리켰다.

“무작정 이쪽으로 오라고 하기엔 그렇고⋯ 적당한 이유가 있어야 할 것 같은데.”

곽 반장은 이유를 알려 달라며 고주봉을 바라봤다.

“그건 능력껏 해야지 않겠습니까? 멍하니 앉아 있다간 다시 햇빛을 보지 못할 수도 있는데 말입니다.”

고주봉의 말에 두 사람은 고개를 끄덕이더니 전화기 쪽으로 이동했다.

“그리고 김하림 검사님.”

“네.”

“검사님이 도와주실 부분이 있습니다.”

“뭔가요?”

김하림 역시 상황이 급박함을 느끼고 있었다.

“이걸 가지고 레이 좀 만나주세요.”

“그게 뭔데⋯⋯.”

김하림은 고주봉이 둘둘 말린 종이 한 장을 건네주자 받아서 펼쳤다.

“이건⋯⋯.”

김하림과 이소라는 펼쳐진 종이와 고주봉을 번갈아 봤다.

"네. 제 사진입니다."

"그런데 왜 이걸?"

"레이에게 보여주되 손에 들고 보여선 안 됩니다."

"그럼 어떻게 하라는 거죠?"

"이소라 경위가 레이의 시선을 막는 동안 벽에 붙이면 됩니다."

김하림과 이소라는 왜 그래야 하는지 모르겠다는 표정을 지었다. 당장 CIA가 들이닥칠 상황인데 사진이나 보여주라니 이해하기 어려운 부탁이었다.

"두 분도 어느 정도 느끼고 있겠지만 이곳 봉 센터는 보통의 흥신소 같은 곳도 활동 영역이 국내에 국한된 것도 아닙니다."

두 여자는 그런 것 같다며 고개를 끄덕였다.

"그러다 보니 별의별 일을 다 겪어봤습니다. 그중엔 개인적 의지와 달리 누군가의 사주에 의해 조건반사를 일으키는 경우도 있습니다."

"조건반사라면……."

"개에게 먹이는 주는 실험을 알고 있을 겁니다."

"네. 파블로프의 실험을 말하는군요."

이소라가 곧바로 대답했다.

"지금은 길게 설명할 시간이 없군요. 일단 그렇게 해주십시오."

평소와 달리 정중한 태도를 보이는 고주봉의 모습에 두 여자는 고개를 끄덕였다. 사실 봉 센터에 관련된 것이라면 궁금한 것이야 한두 개가 아니었지만 당장 그것들을 묻고 있을 상황이 아니었다.

"권 검사님과 곽 반장님은 사람들을 모아주시되 충돌이 벌어지지 않도록 해주십시오. 위험한 자들이니 말입니다. 일단 그들이 경거망동하지 못하게만 만들어도 충분히 효과를 볼 수 있습니다."

"알겠습니다."

"그렇게 하지."

두 사람이 고개를 끄덕이자 고주봉은 김하림과 이소라를 데리고 모니터실로 이동했다. 어정쩡한 모습으로 눈치를 보고 있던 봉방규 역시 고주봉을 따라 모니터실로 향했다.

파블로프의 실험이라면 개에게 먹이를 줄 때마다 벨을 울린 것을 말한다. 반복적 신호를 통해 조건에 따른 반응을 일으키게 만드는 것인데 고주봉의 말대로라면 그것을 사람에게 적용했다는 뜻이 된다. 만약 레이가 그런 상태라면 그가 이곳에 찾아온 것은 그의 의지가 아닌 외부의 힘이 개입되었다는 결론이 난다.

‘아니길 바라지만… 고주봉의 반응을 봐서는……’

봉방규는 모니터실로 들어서는 고주봉의 뒷모습을 바라보며 복잡한 시선을 보냈다. 사실 CIA가 쫓고 있다고 해도 그건 어디까지나 레이의 일이었다. 레이가 그들에게 잡혀간다고 해도 자신들과는 무관한 일이었다. 하지만 고주봉이 보이는 반응은 단순히 레이의 문제가 아니라 더 복잡한 사연이 있는 것처럼 보였다. 봉 센터에서 벌이는 일에 대해 꾸준히 조사를 하고 정보를 캐내고 있었지만 여전히 자신이 모르는 비밀들이 존재하고 있음을 다시 한 번 깨닫게 된 봉방규다.

‘레이도 그렇고 고주봉 이 자식. 도대체 무슨 짓을 하고 다닌 거냐……’

*   *   *

작전 담당 부국장(DDO:Deputy Director for Operation) 롤킨 블로어는 기술관리국(Staff for Technology Management. DDO 직할) 직원의 안내를 받아 레이가 있는 곳으로 예측되는 장소에 도착을 했다. 공항에서 레이를 놓치는 바람에 현장 요원들이 고생할 거라 생각했지만 어이없게도 레이의 정보는 엉뚱한 곳에서 흘러나왔다.

검찰과 경찰 쪽에서 사이좋게 레이에 대한 정보를 인터폴에 요청한 것이다. 레이가 한국에 들어선 순간부터 자잘한 사건까지 귀 기울이고 있던 CIA에겐 단비 같은 소식이었다.

주차장에 세워진 냉동탑차에 올라탄 롤킨은 곧바로 상황을 체크했다.

"두 건물 중 어느 쪽이지?"

롤킨의 질문에 관리국 직원이 머리를 긁적였다.

"문제가 있나?"

"인터폴에 정보를 요구했던 검사와 경찰이 이곳으로 온 것은 분명합니다."

"그런데?"

"그게 두 건물 어느 곳에서도 흔적을 찾을 수가 없습니다."

"감청장비에 문제라도 생긴 것인가?"

"아닙니다. 기계는 정상입니다. 단지 두 사람의 목소리만 확인이 되지 않고 있습니다."

"지하가 몇 층까지 있지?"

"지하 5층 이하로 내려가면 감청이 어려울 수도 있지만 만약의 사태에 대비해 놓았습니다. 두 건물 모두 지하층까지 중계기가 설치되어 있기 때문에 방음시설로 들어서지 않는 이상 놓칠 이유가 없습니다."

"두 건물에 우리가 모르는 시설이나 공간이라도 존재한다는 건가?"

롤킨의 질문에 건물 설계도를 확인하고 있던 다른 직원이 고개를 저었다.

"아닙니다. 그냥 일반적인 건물입니다."

직원들의 설명에 잠시 생각을 하던 롤킨이 무전기를 들었다.

"요원들에게 알린다. 안내원이 모습을 감췄다. 인근을 샅샅이 조사하고 발견 즉시 보고하도록."

―라저.

롤킨이 무전기를 내려놓고 손을 내밀자 대기하고 있던 직원 한 명이 그의 팔목에 팔찌 형태의 통신 장비를 채웠다.

"처음 보는 물건이군."

"골(骨)진동을 이용한 통신기입니다. 온(On)시키면 따로 키를 누르지 않아도 양방향 통신이 이뤄집니다."

롤킨은 재미있다는 듯 고개를 끄덕였다.

"하긴 우리 때와는 세월이 많이 흘렀으니."

"현장에 나온 지 오랜만이시죠?"

"그렇지. 20년은 넘은 것 같군."

20년 전이면 1993년이다. 90년대 초반에 현장을 떠나 작전 본부로 들어갔으니 확실히 오래되긴 했다.

"나도 주변을 둘러볼 생각이니 따로 들어오는 정보가 있다면 곧바로 보고하도록."

"알겠습니다."

차에서 내린 롤킨은 주변을 둘러보더니 감청 중인 건물 쪽으로 걸음을 옮겼다.

기술관리국 직원들은 롤킨이 밖으로 나가자 긴장했던 몸이 풀리는지 자세가 풀어졌다.

"도대체 레이가 누구기에 본국의 부국장이 직접 나타난 거야?"

"듣기론 전직 블랙요원이라고 하던데."

"현장요원들은 다들 블랙에 속하지 않나?"

롤킨에게 통신장비를 채워줬던 직원이 겨우 그것 때문에 부국장이 직접 움직였겠냐는 표정을 지었다.

"블래이라고 다 같은 블랙인가? 내가 듣기론 특수계획국(Special Activities Division/ Military and Special programs division) 소속의 요원이었다고 하던데."

"특수계획국이면……."

"랭그리 내에서도 Top of the Top이지. 걸어 다니는 병기고라고 부르기도 하고."

"SAD 요원이 정상적인 은퇴가 가능해?"

"이 바닥에서 정상적인 게 얼마나 된다고. 쓸데없는 이야기 그만하고 업무에 집중하자고. 부국장이 직접 나선 일인데 괜히 실수라도 했다간 끝장이야."

"쩝. 문제없이 잘 마무리되면 좋겠다. 괜히 재수없이……."

건물 설계도를 살펴보던 직원의 말이 끝나기도 전에 감청 장비를 담당하고 있던 직원이 미간을 찡그렸다.

"문제가 생겼다."

"젠장. 말이 씨가 된다더니."

"무슨 일인데?"

"이쪽으로 검찰 쪽 직원들과 경찰들이 모여드는데……."

"내용 확인하고 바로 보고해."

"알았다."

롤킨은 양쪽 건물을 바라보며 생각에 잠겨 있다가 건물과 건물 사이에 만들어진 공간에 시선이 머물렀다.

"흠……."

양쪽 어디에도 흔적이 없다는 말을 떠올린 롤킨은 혹시나 하는 생각에 건물 사이의 빈틈으로 걸음을 옮겼다. 다른 이들도 아니고 CIA 기술국 직원들이 흔적을 놓칠 정도라면 건물 안쪽에 감청을 막을 수 있는 공간이 존재하거나 이미 이곳을 떠났다고 봐야 했다. 문제는 주변을 장악하고 있는 상태에서 평범한 검사와 형사가 모습을 감출 수 있냐는 점이다.

"골목이라……."

건물과 건물 사이의 빈틈에 들어선 롤킨은 안쪽으로 길게 이어진 길을 바라보며 고개를 끄덕였다. 애초부터 그들의 목적지는 양쪽 건물이 아니라 이 골목인 것으로 보였다.

요원 배치에 변화를 주고자 명령을 내리려던 롤킨은 기술국 직원의 보고에 발길을 멈췄다.

—안내원의 요청에 의해 검찰과 경찰의 인력이 이쪽으로 이동 중입니다.

"목적은?"

—검거작전이라고 합니다.

"장소가 이곳으로 되어 있나?"

—주소지 확인 결과 이쪽입니다.

"정확한 위치를 말해라."

롤킨은 자신이 발견한 골목이 목적지인지 아니면 근처에 다른 건물인지를 확인하고자 했다.

—두 건물이 공용으로 사용하는 주차장입니다.

주차장이라면 기술국 차량이 있는 곳이다.

'우연인가. 아니면……'

자신들이 이곳에 있다는 사실은 한국 정보부에서도 모르는 일이다. 그런데 자신들이 도착함과 동시에 공권력이 움직였다. 롤킨은 잠시 고민을 하다 다시 질문을 던졌다.

"예상 시간은?"

─10분 내외입니다. 이곳이 검찰청이나 경찰서와 가까운 거리에 있습니다.

"막아."

─네?

대뜸 막으라는 롤킨의 말에 기술국 직원이 당혹스런 목소리를 냈다.

"근처에 시선을 끌 만한 사건을 만들면 될 것이다."

─알겠습니다.

기술국 직원은 롤킨의 말을 바로 이해했다. 정확히 검거 대상을 알아내진 못했지만 근처에 문제를 일으킨다면 타깃으로 오해할 수도 있었다.

"변화가 생기면 다시 연락하고 요원들을 건물과 건물 사이에 있는 틈으로 이동시켜라."

─건물 사이입니까?

"지금 즉시!"

─알겠습니다.

"안내원이 걸었다는 전화도 추적하고."

─이미 확인 중입니다.

"좋아."

롤킨은 통신을 마무리하고 다시 건물 사이에 감춰져 있던 골목길로 이동하기 시작했다.

　　　　　*　　　*　　　*

　고주봉은 신 영감이 챙겨 두었던 빵과 우유를 찾아 이소라에게 건네줬다.

　"별일 없겠죠?"

　이소라는 왠지 불안하다는 듯 고주봉을 바라봤다.

　"레이가 사진을 보고 이상 변화를 일으키면 곧바로 물러서면 됩니다."

　"하지만……."

　"사진에 반응한다는 것은 그 외엔 관심이 없다는 뜻이 되니 문제없을 겁니다."

　"알겠습니다."

　봉 센터에서 문으로 통칭되는 벽이 열리고 두 여자가 모습을 감추자 고주봉은 곧바로 모니터로 시선을 돌렸다.

　고주봉은 자신이 미국 쪽에서 실수한 것이 있는지 다시 한 번 상기해 봤다. 하지만 아무리 생각해 봐도 딱히 걸리는 게 없었다. 일은 잘 마무리했고 자신이 획득한 정보는 의뢰와 전혀 연관을 지어 생각할 수 없기에 정보의 당사자라 해도 관심을 둘 여지가 없었다.

　"하지만 만약이라는 게 있으니."

고주봉은 레이가 있는 방에 두 여자가 나타나자 시선을 집
중했다. 레이가 아무런 반응도 일으키지 않는다면 자신의 기
우겠지만 만에 하나 이상행동을 보인다면 어떤 방법이 동원
된 것인지 파악해 내야 했다.

＊　　　＊　　　＊

롤킨은 골목 끝에 나타난 구조물을 보며 한동안 웃음을 보
였다.

"누군지 몰라도 머리가 좋은 자로군."

건물과 건물 사이에 이런 형태의 주택이 존재하리라곤 누
구도 예상하기 어려웠다. 목적을 가지고 찾았으니 망정이지
그저 지나치는 수준이었다면 결코 이런 곳에 집이 있을 거라
고 생각지 못했을 것이다.

"나쁘지 않은 안가(安家)지만 위치가 드러난 이상 여기까
지군."

밖에선 전혀 보이지 않는 위치였기에 자신들이 작전을 펼
치는데 오히려 유리한 점도 있었다. 롤킨의 뒤쪽으로 요원들
이 하나둘씩 모습을 드러냈다. 그들 역시 주택을 바라보며 재
미있다는 표정을 감추지 않았다.

"도주로에 배치한 인원을 제외하곤 모두 모였습니다."

공항 관제탑에서 레이의 추적을 담당했던 사내다.

"모두 몇이지?"

"직접 움직일 인원은 저를 포함해 열 명입니다. 지원은 차량에서 하기로 했습니다."

"레이의 무장상태는?"

"부산에서 물건을 구입했습니다. AK-47과 권총, 그리고 수류탄입니다."

"쉽진 않겠군."

롤킨의 말에 사내는 자존심이 상했다. 하지만 그것을 대놓고 표현하지는 않았다. 말로 떠드는 것보다 결과로 증명하면 될 것이다.

"기분이 상했나 보군."

"아닙니다."

"자만은 금물이지. 아무리 은퇴했다곤 하지만 한때 현역 최고라 불린 사내다."

"과거일 뿐입니다. 그리고 저희 역시 최고입니다."

롤킨은 사내의 대답에 고개를 끄덕였다.

"이쪽으로 오고 있다는 검찰과 경찰은?"

"백업 팀에서 맡기로 했습니다."

"좋아. 시작하지."

롤킨의 허락이 떨어지자 사내는 부하들에게 바로 손짓했

다. 굳게 입을 다물고 주택을 바라보고 있던 사내들은 명령이 떨어지자 망설임없이 담을 넘기 시작했다.

"잠시 뒤에 뵙겠습니다."

"최대한 소란은 자제하도록."

"알겠습니다."

사내는 부하들을 따라 주택 안으로 모습을 감췄다.

*　　*　　*

두통에 머리를 지압하고 있던 레이는 벽에서 진동이 느껴지자 고개를 들어 올렸다.

"또 당신인가?"

이소라를 발견한 레이는 귀찮다는 표정을 지었다.

"먹을 것을 가지고 왔어요."

이소라는 손에 들린 빵과 우유를 흔들어 보였다.

"존도 이제 여자의 필요성을 느낀 건가?"

레이는 이소라와 함께 나타난 김하림을 발견하고 피식 웃음을 흘렸다.

"오해하지 않았으면 좋겠군요. 당신 때문에 이곳에 있는 것이지 그 사람과는 관계가 없습니다."

이소라는 자신과 김하림을 고주봉의 여자쯤으로 생각하는

레이의 태도에 불쾌했다.

"뭐, 내 알 바 아니지. 가지고 온 건 내려놓고 돌아가."

레이는 이야기를 나누고 싶지 않다는 듯 손을 내저었다.

"받아요."

이소라는 빵과 우유를 레이에게 던졌다. 레이 말대로 바닥에 내려놓을까도 생각했지만 허리를 숙이면 뒤에서 사진을 붙이고 있는 김하림이 그대로 노출되기 때문이다.

가볍게 빵과 우유를 낚아챈 레이는 이소라의 태도에서 뭔가 이상함을 느꼈는지 고개를 꺾어 뒤쪽을 바라보려 했다.

"뭘 꾸미는 거지?"

"꾸미다니요?"

"존, 그 인간을 몰라서 묻는 건가?"

"네. 맞아요. 나는 물론이고 다른 사람들도 고주봉, 아니, 당신이 존이라 부르는 사람에 대해서 별로 아는 게 없어요."

"큭큭큭. 정확히 무슨 관계인진 모르겠지만 조심하는 게 좋을 거야. 우리 바닥에서 악명이 자자한 인간이니까."

레이의 말에 뒤쪽에 있던 김하림이 입을 열었다.

"어떤 악명을 말하는 건가요? 사람을 죽이고 다니기라도 했나요?"

"크크큭. 죽고 사는 문제야 언제든 일어나는 일이니 새삼스러울 게 있나."

레이의 말에 두 여자는 '역시' 하는 표정이 되었다. 그저 정보나 찾고 다니는 사람에게 일어난 사건치곤 확실히 이해하기 어려운 점이 많았다.

"몇이나 죽였나요?"

"누구? 나 아니면 존?"

레이는 질문을 하려면 정확히 하라고 했다.

"당연히 존 쪽이죠."

"흠."

레이는 왜 그게 궁금한지 모르겠다는 듯 두 여자를 바라봤다.

"말해줘요."

"내가 왜 그걸 말해 줘야 하지?"

레이는 이상한 여자 보듯 고개를 갸웃거렸다.

"당신은 존을 죽이기 위해 이곳에 왔죠."

"뭐 그랬었지."

"하지만 지금은 붙잡힌 상태구요."

레이는 자신의 처지를 잘 알고 있다는 듯 고개를 끄덕였다.

"당신의 복수. 우리가 해줄 수도 있어요."

"푸하하하!"

레이는 복수 운운하는 김하림의 말에 큰소리로 웃어버렸다.

“왜 웃는 거죠?”

“헛소리 그만하지.”

“헛소리가 아닙니다. 나는 현직 검사고 이쪽은 강력계 형사니까요.”

김하림은 자신의 신분을 밝혔다.

“불나방들이군.”

“네?”

“피곤해. 그만 나가줬으면 좋겠어.”

김하림은 시큰둥한 레이의 반응에 아쉬운 표정이 되었지만 그렇다고 계속 말을 걸며 시간을 허비할 수 없었다.

“좋아요. 그전에 이걸 한번 보겠어요?”

김하림은 이소라의 손을 잡고 한쪽으로 물러섰다.

“뭘 보라는…….”

빵 봉투를 뜯고 있던 레이는 김하림의 말에 고개를 들어 올렸다.

“당신이 말한 존이 이 사람인가요?”

김하림은 사진을 가리키며 레이의 반응을 살폈다.

“존 스미스!”

레이는 손에 들고 있던 빵을 내던지며 벽 쪽으로 내달렸다. 김하림과 이소라는 고주봉의 태도를 보아 뭔가 변화가 있을 거라고 생각했지만 설마 이렇게 격한 반응을 일으키리라곤 생각지 못했다. 두려움을 느낌 두 사람은 급히 반대편 벽에 몸을 붙였다.

금방이라도 쓰러질 듯 비틀거리던 레이는 언제 그랬냐는 듯 몸을 날리더니 주먹을 날렸다.

쿵!

레이의 주먹과 사진이 붙어 있는 벽이 충돌을 하자 묵직한 소음이 터져 나왔다. 사진을 잡아 뜯어 갈기갈기 찢어버린 레이는 천장 곳곳을 바라보며 소리를 질렀다.

"비겁한 놈! 당장 모습을 드러내!"

레이는 흥분을 감추지 못하고 연신 소리를 질러대다 벽 쪽에 몸을 붙이고 있던 두 사람에게 시선을 돌렸다.

흠칫.

"뭐해요! 우릴 빨리 빼내줘요!"

레이의 시선이 자신들에게 향하자 잔뜩 긴장을 하고 있던 김하림이 소리를 질렀다. 그리고 그와 동시에 등을 기대고 있던 벽이 움직이며 두 사람을 집어삼켰다.

두 여자는 잔뜩 화가 난 상태로 모니터실로 들어섰다.

"도대체!"

"쉿!"

고주봉을 향해 화를 내려던 두 여자는 급히 자신을 말리는 신 영감의 등장에 입을 다물었다.

얼굴이 딱딱하게 굳은 채 화면을 바라보고 있는 고주봉의 모습이 심상치 않았던 것이다.

"어떠냐?"

신 영감은 원인을 알겠냐며 고주봉을 바라봤다.

"MK울트라(MKULTR)는 아닙니다."

"?"

"맨츄리안 켄디데이트[The Manchurian Candidate]입니다."

"혼자만 아는 말로 떠들지 말고 쉽게 좀 이야기해 봐!"

신 영감은 답답하다는 듯 가슴을 내려쳤다.

"약물이 아니라 최면요법을 사용했다는 말입니다."

조용히 이야기를 듣고 있던 봉방규가 고주봉 대신 대답했다.

"최면이요?"

"그게 무슨?"

김하림과 이소라는 레이의 상태를 떠올리며 궁금한 표정을 지었다. 대놓고 사용하지는 못하지만 자신들도 수사과정에 비공식적으로 종종 도움을 받기도 하는 것이 최면이다. 하지만 봉방규가 말한 최면은 자신들이 알고 있는 것과는 큰 차이를 보이는 것 같았다.

"LSD나 사린가스라고 들어봤습니까?"

“네.”

“보통 자백제로 사용되는데 종종 상대방을 무력화하는 데 쓰이는 약물입니다. MK울트라는 그와 관련된 전반적인 기법을 말합니다.”

“그렇다면 맨츄리안 켄디데이트는요?”

“1962년 존 프랑켄하이머 감독이 만든 영화 제목입니다.”

“영화요?”

“최면을 이용한 암살자. 그 영화에서 처음 등장했죠. 따로 지칭하는 단어가 없다 보니 그렇게 쓰고 있습니다.”

“네…….”

김하림은 모든 이해한 표정은 아니었지만 어느 정도 납득한 표정으로 대답했다.

“본 아이덴티티라는 영화를 알고 있습니까?”

“아, 본 시리즈라면 당연히 알고 있죠.”

“맨츄리안 켄디데이트는 최면에 의해 암살자를 만들어내는 기법입니다. 물론 영화에서는 두 가지 방법을 모두 사용하지만.”

“그냥 영화 속의 이야기가 아니란 말인가요?”

“실제로 CIA에서 시행됐던 실험들입니다. 영화 속 이야기가 모두 허구는 아니죠. 해제된 기밀문서에 따르면 1953년에 CIA의 담당부서 책임자인 윌리엄 사건트(William Sargant)의

주도로 실험이 진행됐으니까."

"옛날 일인데요?"

"쯧쯧쯧. 그 옛날에도 이미 효과를 본 실험인데 지금이라고 안 하겠습니까?"

봉방규는 가볍게 혀를 찼다.

"그렇다면 레이가 제이슨 본?"

이소라는 놀랍다는 듯 눈을 동그랗게 떴다.

"그건 나도 모르죠. 레이가 전직 요원이라는 것은 알고 있지만 어떤 부서에 근무했는지는 보안사항이니까."

"무슨 말인지 모르겠어요. 쉽게 좀 설명해 봐요."

김하림은 답답한 표정을 지었다.

"그러니까. 고주봉 저 인간의 말은 레이가 특정 조건에 발동되는 최면에 걸렸다고 말하는 겁니다."

봉방규는 자신의 말이 맞지 않느냐며 고주봉을 바라봤다. 그러나 고주봉은 봉방규의 질문엔 답하지 않고 신 영감에게 시선을 돌렸다.

"영감님이 이상하다고 했던 것 말입니다."

"응? 내가?"

"전문적 살인기술을 가진 레이가 왜 한 명도 죽이지 못했는지 이해가 가지 않는다고 했지 않습니까."

"아, 그랬었지."

“의도적이었던 것 같습니다.”

“위협만 주고 실제론 아무도 죽이지 못하게 했다는 것이냐?”

“아니요. 레이의 능력이 다운그레이드된 것처럼 보이게 만들어 결정적인 순간에 목적을 이룰 수 있도록 하는 겁니다.”

신 영감은 고주봉의 말에 몇 차례 눈을 깜빡이다가 ‘아!’ 하는 소리를 냈다.

“그러니까. 네 말은 레이가 우리에게 잡히게 만들고 상대에게 방심을, 아니지, 여기선 너겠군. 네가 방심하도록 유도하고 빈틈을 보이면.”

“네. 한 방에 훅 가는 거죠.”

“CIA에서 왜?”

신 영감은 미정보국과 무슨 원한이라도 졌냐는 듯 고주봉을 바라봤다.

“그걸 모르겠습니다.”

“미치겠군.”

“네. 골치가 아픕니다. 레이가 이곳에 나타난 것도 그렇고. 레이같이 철저한 녀석이 최면암시에 걸렸다는 것에서 더더욱 그렇습니다. 하지만 한 가지는 확실합니다.”

“어떤 게 말이냐?”

“레이가 저 상태가 된 게 언제인지 모르지만 암시에 문제가 생긴 것 같습니다.”

“최면이 일부 풀렸다던가 아니면 본래 의식과 주입된 암시가 충돌을 일으키고 있다는 뜻이냐?”

“만약 암시가 제대로 걸려 있다면 제 사진에 흥분하기보단 좀 더 릴랙스 한 상태가 되어야 맞습니다.”

“방심을 유도해야 하니까.”

“네. 그런데 지금 레이의 상태는 뭔가 뒤죽박죽입니다.”

“내가 보기엔 돈 때문이야.”

봉방규가 슬그머니 자신의 의견을 끼워 넣었다.

“돈 때문이라니?”

신 영감은 뜬금없다는 듯 봉방규를 바라봤다.

“예전부터 레이 저 자식은 돈과 여자라면 아주 환장을 했습니다. 그중에서도 돈이라면 목숨을 걸 정도로 집착했습니다. 그런데 대충 돌아가는 상황을 보니 완전히 알거지가 된 것 같더라구요. 아무리 최면이니 암시니 해도 본래 지니고 있던 욕망까지 바꿔놓지는 못하지 않습니까?”

“그건 쉽지 않은 일이지.”

“고주봉에 대한 복수심을 이용한 것 같은데 아무리 암시를 걸었다 해도 레이가 가지고 있는 돈에 대한 집착, 다시 말해 고주봉 때문에 자신이 거지가 됐다고 생각하니 분을 참지 못하는 게 분명합니다.”

봉방규는 분명히 자신의 분석이 맞다며 연신 고개를 끄덕였다. 하지만 이야기를 듣고 있는 사람들은 ‘그게 말이 되나?’ 하는 표정을 감추지 못했다.

그때 모니터실 조명이 붉은색으로 바뀌더니 전면 모니터에 침입자들의 모습이 나타났다.

“헐. 정말이네. 고주봉 네 말대로 근처에 있었던 모양이다.”

신 영감은 딱 봐도 외국인이 분명한 자들이 담을 넘어 안쪽으로 들어서자 봉방규를 바라봤다. 이게 다 너 때문이라는 눈빛이다.

“헌헌. 그건 아까도 말했다시피 실수로…….”

신 영감은 웃기지 말라는 듯 콧방귀를 뀌더니 고주봉에게 말을 건넸다.

“어쩌냐?”

“생각 좀 하죠. 당장 안쪽으로 들어서지는 못할 테니. 위쪽에 설치된 보안을 뚫는다 해도 이곳으로 오는 건 또 다른 문제니.”

고주봉은 미간을 찡그리며 잠시 고민을 하더니 레이 쪽을 바라봤다.

“만나보려고?”

"이유라도 알아야지 않겠습니까?"

"딱 보니 레이는 그냥 이용당하는 것 같은데……."

"암시를 깰 방법이 있습니다. 쉽진 않겠지만."

"어떻게 말이냐?"

"최종 목적이 날 죽이는 거라면 원하는 대로 해줘야죠."

"미쳤구나!"

"진짜로 죽는 게 아니라 죽었다고 믿게 만들면 됩니다."

"그러니까. 어떻게 그러냐고?"

신 영감은 안전이 보장되지 않으면 절대 용납할 수 없다는 표정을 지었다.

"지켜보시죠."

고주봉은 자신을 막아서는 신 영감을 밀어내더니 벽 뒤로 들어가 버렸다.

"미치겠군!"

신 영감은 만약의 사태에 대비하기 위해 큐브 컨트롤러에 손을 얹었다. 김하림과 이소라는 대화에 끼어들 생각도 못하고 있다가 레이를 비추고 있는 모니터에 시선을 고정했다.

잠시 뒤 미스 황과 권 검사, 곽 반장이 모니터실로 들어섰다.

"센터장님은요?"

미스 황은 고주봉이 보이지 않자 신 영감을 바라봤다.

"레이를 만나보겠다는군."

"네?"

미스 황은 지금 상황에 그럴 여유가 있냐는 듯 신 영감을
바라봤다.

"나도 모르겠다. 뭐가 어떻게 돌아가는지."

신 영감은 일단 지켜보자는 듯 모니터를 가리켰다.

*　　*　　*

관계의 단절시대. 현대인은 서로를 위해 상생에 들기보다
고독한 승부사가 되기를 바란다.

CHAPTER 02

셀프서비스

　서비스의 일부를 고객 스스로 행하게 하고 그에 상당하는 절약분만큼 비용을 절감하는 행위. 스스로를 도와 성공하고 싶다면 무엇을 절감해야 할지 잘 선택해야 한다.

　하늘은 스스로 돕는 자를 돕는다는 것도 신이 인간에게 내린 일종의 셀프 서비스다.

퍼슈어
PURSUER

레이는 막상 기다리던 고주봉이 나타났지만 별다른 반응을 보이지 않았다. 그저 물끄러미 '왔어?' 하는 표정이다.

'이건 또 뭔 반응이냐.'

고주봉은 예상과 다른 레이의 태도에 머리가 아팠다.

레이는 고주봉의 표정에 왜 그런 얼굴인지 알겠다는 듯 힘없이 입을 열었다.

"네놈 사진 때문에 마지막 남은 힘까지 다 써버렸다. 손가락 하나 까딱할 힘도 없어."

"천하의 레이가 손가락 까딱할 힘도 없다니, 농담이 심하군.”

“여자는 관심도 없는 것 같더니. 하렘이라도 꾸릴 셈이냐?”

“재수없는 소리.”

고주봉은 헛소리 그만하라는 듯 미간을 찌푸렸다.

“하긴 여자 문제엔 좀 민감하긴 하지.”

레이는 이해한다는 듯 고개를 끄덕였다.

“어떻게 된 거야?”

“척척박사께서 궁금한 게 많으신 모양이네.”

“마피아는 그렇다 치자. CIA는 왜 끌고 온 거야?”

“알 게 뭐야.”

레이는 이제 와 그게 뭐가 중요하냐는 듯 피식 웃어버렸다.

“농담할 기분 아니다.”

“호, 무서운걸?”

“날 죽이겠다고 찾아올 정도면 심사가 잔뜩 꼬였던 것 같은데 이유나 알자.”

“이유는 무슨. 너 때문에 인생 작살났으니 그런 거지.”

“그걸 모르겠단 말이지. 내가 뭘 어떻게 했다고?”

고주봉의 말에 레이는 잠시 고민하는 표정을 짓다가 다시 입을 열었다.

“사실 말이야.”

“그래.”

“나도 내가 왜 이렇게 화가 났는지 잘 모르겠다.”

“······.”

“진짜야.”

레이는 자신은 진실만을 이야기한다는 듯 가슴을 내밀었
다.

“내가 이야기해 볼까?”

고주봉은 두 걸음 정도 움직여 레이와 간격을 좁혔다.

“들어보지.”

“현재 파악한 바로는 너 맨츄리안 켄디데이트에 당한 것
같다.”

“내가?”

“그래.”

“풉. 말도 안 되는 소리.”

“네가 다루는 총기가 몇 가지나 되지?”

“못 다루는 게 없지? 전투기도 몰 수 있으니까.”

“사격술은?”

“백발백중.”

“그런데 왜 죽은 사람이 하나도 없지?”

“······.”

입을 다무는 레이에게 고주봉이 다시 말을 건넸다.

"그건 내가 레이 널 죽이면 안 되기 때문이지."

"무슨 뜻이냐?"

"네가 앞뒤 가리지 않고 난리를 치면 나를 만나기도 전에 '축 사망' 할 거라는 걸 알고 있다는 뜻이야."

"죽지 않고 네 앞에 나타나기 위해 꼼수를 부렸다?"

"꼼수를 부린 게 아니라 그런 암시에 당한 거라고 생각한다."

"그런 게 가능할 리가 없잖아?"

"정말 없어?"

"없다니까."

레이는 만에 하나 그런 자가 있다고 해도 순순히 당하고 있었겠냐는 표정이다.

"그런데 말이지. 누가 너에게 그런 암시를 걸었는지는 모르겠지만 한 가지 실수를 한 것 같다."

"믿기진 않지만 네 말이 사실이라면 확실히 실수를 한 것 같군. 최면공격에 당하지 않도록 충분히 훈련을 받은 데다 만에 하나 걸려든다고 해도 거부반응을 일으키게 되어 있으니까."

"그래. 내가 보기엔 그 때문에 네 상태가 불안정한 것 같거든."

"내가 불안정하다고?"

고주봉은 고개를 끄덕이더니 다시 질문을 했다.

"며칠간 살펴보니 약을 먹는 것 같던데."

"약? 아, 두통약."

"의식 충돌현상이야."

고주봉은 두통의 원인을 이야기했다.

"네 말대로 내가 암시에 걸렸고, 그 상태가 불안정하다면 충분히 일어날 수 있는 현상이지."

레이는 관자놀이를 쿡쿡 누르며 대답했다. 하지만 여전히 자신이 최면에 걸려 있다는 것은 인정하지 않았다.

"내 말을 믿어. 네가 어떤 과정을 통해 암시에 걸렸는지는 모르지만 지금까지 벌어진 현상과 두통만 보더라도 확실해."

"음……."

레이는 설마 하는 표정으로 고주봉을 바라봤다.

"만약 그렇다면?"

"최면에서 벗어날 수 있는 방법이 있는데……."

"내가 최면에 걸려 있다면, 아니, 그게 사실이라도 시간만 충분하다면 스스로 벗어날 수 있다."

"문제는 그럴 만한 시간이 없다는 거지. 밖에 예전 네 동료들이 바글거리고 있거든."

"뭐, 대충 예상은 했으니까. 사실 이미 공항에서 한 건 했거든."

레이는 이미 그럴 거라 예상했다는 듯 순순히 고개를 끄덕였다.

"도와줄까?"

"어떻게?"

"일단 네 상태부터 정상으로 돌려놔야지."

"방법은?"

"날 죽이는 게 목적이었으니 날 죽였다고 너 스스로 믿게 만들면 된다."

"지금 내 앞에서 죽은 척이라도 하겠다는 거냐?"

고주봉은 그런 게 가능하겠냐는 듯 고개를 저었다.

"행여 장난이라도 그런 말은 하지 마라. 죽은 척하려다 진짜 죽고 싶은 생각은 없으니까."

"그렇지. 네 말대로 암시가 확실하다면 네가 틈을 보이는 순간 그걸로 끝이다."

레이는 자신이 진짜 암시에 걸려 있다면 자신의 상태를 컨트롤할 수 없음을 인정했다.

"방법은 두 가지다."

"들어보지."

"하나는 새도우복싱 하듯 너 스스로 새로운 상황을 주입하는 것이고."

"다른 하나는 이중최면이겠군."

레이는 피식 웃어버렸다. 이미 알고 있다는 뜻이다.

"가장 좋은 방법은 첫 번째겠지."

고주봉의 말에 레이는 고개를 저었다.

"불가능해. 네 말대로 그건 시간이 필요하니까. 그리고 자칫 사고(思考)에 문제가 생길 수도 있어. 죽었다고 믿었는데 네가 멀쩡히 살아서 얼쩡거리면 유령이라고 느끼게 될 테니까. 미치거나 과대망상에 들기 딱 좋은 방법이지."

"그렇다면 두 번째 방법을……."

"그것도 불가."

"지금 이것저것 따질 때가 아니지 않나?"

"내가 널 어떻게 믿고? 기존 암시 때문에 뒤죽박죽인 내 머리에 다시 암시가 걸리면 최악의 경우 바보가 될 수도 있다. 운 좋게 성공한다고 해도 네가 나한테 무슨 암시를 걸지 어떻게 알아? 밑천만 거덜 내고 갯값 될 수도 있는데."

"그래서 이대로 다 죽자고?"

"푸하하하. 죽어? 누가? 존 스미스가?"

레이는 농담 그만하라며 비아냥거렸다.

"레이. 지금 장난칠 때가 아니다."

"크크크. 여기선 평범한 척 지내나 보지?"

레이의 말에 고주봉의 눈 끝이 미세하게 흔들렸다.

"척하는 게 아니라 평범해졌다."

레이는 고주봉의 대답에 진의를 파악하고자 했다.

"정말인가?"

"그게 아니라면 너에게 찾아와 이런 대화를 나눌 이유가 있나?"

"음……."

고주봉은 고민스런 표정을 짓는 레이의 모습에 '설마' 하는 표정을 지었다.

"너 혹시?"

고주봉은 문득 레이가 자신의 상태를 이미 알고 있었던 것은 아닐까 하는 생각이 들었다. 곰곰이 생각해 보니 자신이 암시에 걸린 사실을 모르고 있었다면 지금 상태를 심각하게 받아들여야 했다. 과거 요원이었던 것을 자랑하듯 이야기했던 레이다. 자신의 말을 믿지 못한다 할지라도 이 정도 이야기했으면 자존심이 상해서라도 강력히 부정했을 것이다. 하지만 레이는 시종일관 대화를 겉돌게 만들었다. 마치 핵심을 피해가려고 주변을 돌아가는 느낌.

"혹시 뭐?"

"내가 말한 증상들. 너도 이미 느끼고 있었군."

레이는 잠시 말을 멈췄다.

고주봉은 레이의 태도에 어느 정도 확신이 들기 시작했다. 처음부터 자신을 속이고 있었던 것이다.

"긴가민가했지."

"장난 그만하고!"

"젠장. 보면 모르겠냐. 딱 봐도 머리에 문제가 생긴 것 같잖아."

레이는 고주봉의 질문에 침을 탁 뱉어냈다. 마치 다 들켜버렸다는 듯 태도가 돌변하는 레이의 모습에 고주봉의 의심이 더욱 짙어졌다. 99% 진실에 1%의 거짓. 상대를 속이고 혼란에 빠뜨리는 데 가장 많이 사용하는 전술이다.

분명히 뭔가를 감추고 있었지만 지금 당장은 어떤 게 진실인지 파악하기가 어려웠다.

"빌어먹을. 이게 아닌데."

상황이 반전되자 레이의 태도는 처음과 완전히 달라지기 시작했다.

'일단은 받아준다. 무슨 꿍꿍이를 벌이고 있는지 차차 알아내 주마.'

고주봉은 일단 장단을 맞춰주기로 했다.

"너 도대체 무슨 생각으로 그 꼴을 하고 여기에 온 거냐?"

"시끄러! 이제 어쩔 거야!"

레이는 벌떡 몸을 일으키더니 삿대질까지 해대며 소리를 질렀다.

"이 망할 인간아! 지금 그게 할 소리냐!"

고주봉 역시 핏대를 세우며 레이를 향해 삿대질을 했다.

"이런 줄 알았다면 돈을 포기하더라도 제3국으로 피하는 건데."

레이는 허탈한 표정으로 다시 바닥에 주저앉았다.

*　　*　　*

모니터를 지켜보고 있던 사람들은 갑자기 삿대질을 하며 서로 욕을 해대는 레이와 고주봉의 모습에 어리둥절한 표정이 되었다. 이번에도 성격 급한 김하림이 먼저 입을 열었다.

"영감님. 저게 무슨 상황인가요?"

큐브 컨트롤러에 손을 올려놓고 언제든 고주봉을 빼돌릴 생각이었던 신 영감 역시 어리둥절하기는 마찬가지였다.

"그걸 내가 어떻게 알아!"

신 영감은 툭 하면 질문질이라며 버럭 소리를 질렀다.

"제가 들어가 보죠."

미스 황은 상황을 명확히 알아야겠다는 듯 신 영감을 바라봤다.

"그래. 그게 낫겠어. 손에 쥐가 날 판이니."

신 영감은 컨트롤러를 붙잡고 있는 손을 주물럭거렸다.

$$*\qquad*\qquad*$$

"최면에 걸린 걸 알아차렸으면서도 아닌 척하는 건 무슨 짓이냐?"

고주봉의 말에 레이는 그저 한숨만 쉴 뿐이다.

"그런데 너에게 최면을 걸 만한 능력 있는 자가…"

고주봉은 자신이 알고 있는 최면술사들을 떠올려 봤다. 개중엔 실력이 월등한 자들도 있었지만 레이처럼 특수 훈련을 받은 이들은 아무리 그들이라 해도 쉬운 일이 아니었다. 아예 최면에 걸리겠다고 마음을 풀어줘도 습관처럼 배어 있는 방어기재 때문에 실패할 확률이 99%였다. 만에 하나 가능성이 있다면 그것은 자기 스스로 암시를 거는 수밖에 없었다. 고주봉은 여기까지 생각이 미치자 어이없는 표정을 지었다.

"설마… 셀프냐?"

"아마도."

"아마도라니. 확실히 말해."

스스로 암시를 걸었다면 방어기재가 발동했다고 해도 어느 정도는 효과를 봤을 것이다. 하지만 자칫 잘못되면 자신의 암시에 먹혀 기억에 혼재가 올 수도 있었다.

"솔직히 머릿속이 뒤죽박죽이다. 내가 필요에 의해서 최면을 건 것 같기는 해. 그런데 무슨 목적으로 그랬는지 아리송

하다고 할까?"

"그게 말이 되냐?"

"지금 내가 장난하게 생겼냐!"

방귀 뀐 놈이 성 낸다더니 레이가 딱 그 모양이었다.

"너 정말 미쳤구나."

"그래. 미쳤다. 개털 되고 마피아에 쫓기고 총 좀 쏴봤다는 놈들은 전부 현상금 사냥꾼이 되어 쫓아다니고 아예 미치는 게 나을 정도로 죽을 고생을 했단 말이다."

"그냥 죽지 그랬냐?"

"그럴 수는 없지. 그 엄청난 돈을 두고 내가 왜 죽어."

"그래? 그럼 내가 죽여주마!"

고주봉은 도저히 못 참겠다는 듯 레이의 얼굴에 주먹을 꽂아 넣었다.

퍽!

"컥! 이게 능력도 없는 주제에!"

얼떨결에 한 대 얻어맞은 레이가 곧바로 반격을 했다. 굶주리고 지쳐서 꼼짝 못하던 비실거리는 움직임이 아니었다. 여태껏 지쳐 죽을 것처럼 행동한 것도 모두 거짓이었단 의미다.

"헉!"

고주봉은 눈을 질끈 감으며 이를 악물었다. 고통에 대비하는 자세다.

탁.

"응?"

"탁?"

주먹을 내질렀던 레이나 눈을 감았던 고주봉 모두 예상치 못한 소리에 고개를 돌렸다.

"거기까지입니다."

"미스 황."

"어……."

고주봉은 곧바로 레이를 피해 뒤로 물러섰고 주먹을 내밀고 있던 레이는 '어, 어' 소리를 내며 주춤거렸다.

"어떻게 된 일인지 무척 궁금한데. 일단 맞고 시작할까요?"

"그냥 설명할 수 있는데."

레이는 자신의 암시를 깨뜨릴 정도로 강력한 힘을 보여줬던 미스 황의 모습이 떠오르자 몸을 부르르 떨었다.

"그냥은. 미스 황, 일단 패!"

"당연히 그럴 생각입니다."

"자… 잠깐!"

레이는 다급한 목소리로 고주봉을 세웠다.

"잠깐은 무슨."

"CIA가 왜 왔는지 궁금하지 않아?"

"안 궁금해. 그냥 맞고 죽어라. 시체라도 던져 주면 어떻게
되겠지."

"정보. 네가 찾던 그 정보를 가지고 있다!"

레이는 결국 자신의 밑천을 꺼내들었다.

"미스 황. 잠시만 기다려 줘."

미스 황은 아쉽다는 듯 레이를 바라보다가 일단 잡고 있던
손을 놔주었다.

"장난이면……."

"지금 내가 그럴 입장이냐?"

레이의 눈을 쳐다보던 고주봉은 그대로 등을 돌려 벽으로
다가갔다. 잠시 허공에 대고 손짓을 하더니 레이에게 따라오
라고 했다.

"미스 황. 혹시 이상한 짓 하면 봐주지 말고."

"물론입니다."

"안 그런다니까."

*　　　*　　　*

"뭐가 어떻게 돌아가는 건지."

권 검사는 혹시나 아는 게 있냐는 듯 봉방규를 바라봤다.

"나도 모릅니다."

"이거 왜 이럴까. 제임스 대표가 모르면 누가 안다고?"

곽 반장은 그러지 말고 지금 벌어지고 있는 상황을 설명 좀 해달라며 봉방규를 잡아끌었다.

"곽 반장님은 속고만 사셨나. 나도 궁금하단 말입니다."

봉방규는 진짜 자신도 모르겠다며 고개를 저었다.

"이쪽으로 오는 것 같은데요?"

모니터를 지켜보고 있던 김하림이 조만간 궁금증이 풀리지 않겠냐며 입을 열었다.

"이쪽으로 오지 않으니 괜한 기대하지 말고 다들 신경 꺼."

신 영감은 컨트롤러를 작동시키며 김하림의 기대를 꺾어 놓았다.

"네? 아니, 왜……."

"김 검사는 외부인에게 피의자 조사하는 걸 마구 보여주나?"

"그건 아니지만……."

"일단 기다려 봐. 분위길 보니 뭔가 사연이 있는 것 같은데 우리가 알아야 할 내용이 있다면 설명해 주겠지. 일단 다들 나가 있어."

신 영감은 사람들을 모니터실에서 내보내더니 슬그머니 모니터 화면을 바꾸었다.

"그래도 나는 알고 있어야겠지?"

*　　　*　　　*

　소파가 있는 고주봉의 방으로 쫓겨난 다섯 사람은 각자 자리를 잡고 앉았다.

　"제임스 대표. 이중최면이 뭐죠?"

　이소라는 다들 자리에 앉자마자 곧바로 질문을 꺼냈다.

　"말 그대로입니다. 최면 상태에 다시 최면을 거는 거죠."

　"예를 들면?"

　"너는 밥을 보면 배가 고프다가 기존 최면이라고 하죠."

　"네."

　"배가 고프지만 밥은 싫어한다고 두 번째 최면을 거는 거죠."

　"그냥 밥을 봐도 배가 고프지 않다고 걸면 되지 않나요?"

　"그건 의식충돌이 생깁니다. 바보가 될 수도 있죠. 이미 밥을 보면 배가 고프다고 알고 있는데 다시 배가 고프지 않도록 하면 모순이 일어나는 겁니다. 머릿속이 혼란스러워지는 거죠."

　"아… 그래서 연속성으로 최면을 거는 거군요."

　"기존 최면에 배가 고파도 밥을 좋아한다는 내용은 없었으니까요."

봉방규의 말에 권 검사가 질문을 했다.

"셀프서비스라는 말. 레이란 자가 자기 스스로 최면을 걸었다는 뜻이겠죠?"

"네. 그런 것 같습니다. 미친 짓이죠."

"자기 스스로 최면을 거는 게 위험합니까?"

"최면에 걸리는 것엔 차이가 없습니다. 하지만 다른 사람이 최면을 걸면 필요에 의해서 최면을 풀어줄 수 있지만."

"스스로 최면을 걸면 자신이 최면을 걸어놓고도 인지를 못하는 상황이 벌어지기에 풀기가 어렵다는 뜻이군요."

권 검사는 곧바로 왜 위험한지를 파악했다.

"그래서 미쳤다는 겁니다."

"하지만 레이는 스스로 인지하고 있는 것 같던데요?"

김하림이 대화에 끼어들었다.

"그건 레이의 특성 때문일 겁니다."

"특성이라면 어떤?"

"비밀 작전을 하는 요원들의 경우 적에게 붙잡혔을 경우에 대비해 다양한 훈련을 합니다. 제대로 된 요원이라면 자백제에도 거짓말을 진실처럼 늘어놓죠."

봉방규의 말에 곽 반장이 한마디 거들었다.

"최면에 대한 부분도 훈련을 했다는 말이군."

"강한 거부감이 들거나 아예 최면이 걸리지 않게 된다고 들었습니다.”

“그런데 어떻게 자신에게 최면을 건 거죠?”

이소라가 고개를 갸웃거렸다.

“저항하지 않았을 겁니다. 외부에서 위협을 느낀 게 아니라 자신을 위해서 최면, 아니, 암시를 건 것이니.”

“스스로 부분 최면을 걸어 자신을 컨트롤했다 이 말인가요?”

봉방규는 그런 셈이라며 고개를 끄덕였다.

“CIA는 전부 그런 훈련을 받는 건가요?”

“사람마다 재능이 다르지 않습니까. 레이 정도의 능력은 스페셜하다고 생각하면 됩니다.”

“그런데 여기 봉 센터라는 곳, 정말로 뭐하는 곳이죠?”

이소라는 마지막 질문이자 가장 중요한 질문이라는 듯 봉방규를 바라봤다. 봉방규는 이소라를 물끄러미 바라보다가 입을 열었다.

“이 경위가 보기엔 어떤 것 같습니까?”

“그게…….”

이소라는 선뜻 대답하지 못하고 권 검사와 곽 반장을 바라봤다. 도움을 청한 것이다. 그러나 권 검사는 물론이고 곽 반장 역시 고개를 저었다. 두 사람의 표정은 김하림이나 이소라보다 더 복잡한 감정을 담고 있었다. 특히 권 검사 같은 경우엔 자신과 김기열 판사, 그리고 윗분들과 꾸미고 있던 작전에 많은 문제가 생겨났다는 생각에 머릿속이 터질 것만 같았다.

자신 혼자서 판단하고 일을 진행하기에 부담을 느끼기 시작한 것이다.

'무사히 나가게 된다면… 어르신에게 이야기해서라도 국정원의 도움을 받아야겠어. 이렇게는 안 돼. 확실히 뒤를 캐고 문제가 될 부분을 제거하거나 대응책을 세우지 않고선 봉 센터를 집어삼킨다는 계획은 절대 불가능해. 아니, 오히려 역으로 당할 수도 있겠어.'

중간라인을 거치지 않고 위쪽에 바로 보고한다면 분명히 제재가 들어올 것이다. 그러나 지금 같은 보고체계와 속도로는 봉 센터의 움직임을 따라갈 수가 없었다.

＊　　＊　　＊

어제의 기억에 후회할 일을 만들지 마라. 그것이 비록 계획된 것이라 해도 잃어버린 신뢰는 복구할 수 없다.

CHAPTER 03

Give and take & Unreliable

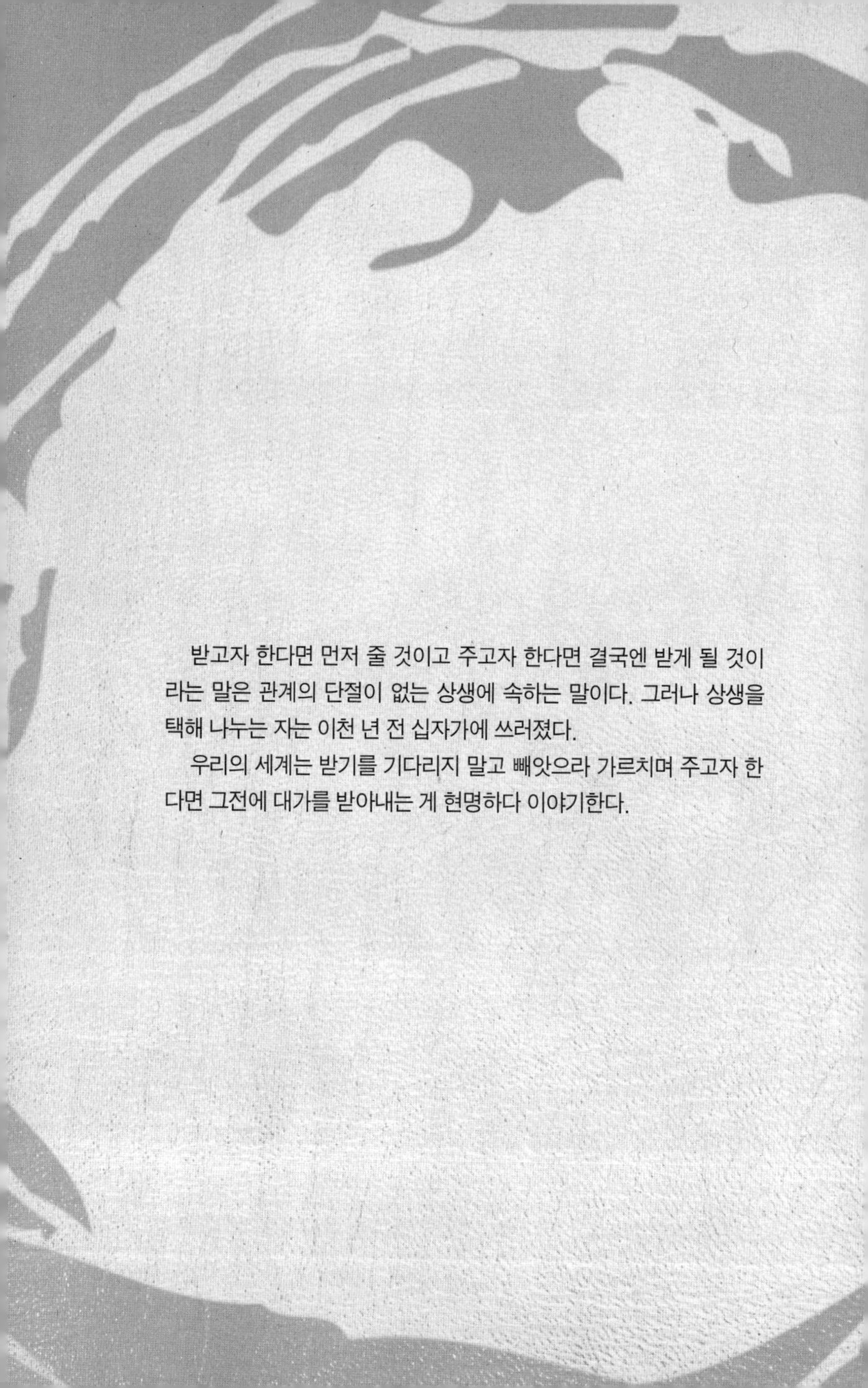

　　받고자 한다면 먼저 줄 것이고 주고자 한다면 결국엔 받게 될 것이라는 말은 관계의 단절이 없는 상생에 속하는 말이다. 그러나 상생을 택해 나누는 자는 이천 년 전 십자가에 쓰러졌다.

　　우리의 세계는 받기를 기다리지 말고 빼앗으라 가르치며 주고자 한다면 그전에 대가를 받아내는 게 현명하다 이야기한다.

퍼슈어

PURSUER

특수작전단(Special Operations Group:SOG) 소속 팀(Team) 앨리(Ally)의 작전권을 가지고 있는 로버트는 과거 맹위를 떨쳤던 SAD 소속의 요원 레이와의 대결은 은근히 기다려 왔다. 과거에는 SAS(Special Activities Staff), SOD(Special Operations Division), IAD(International Activities Division) 등의 이름으로 불리며 정치적 성향의 공작을 주로 담당했었다. 한때 규모가 축소되고 통폐합되면서 유명무실해졌지만 97년 터닛 국장에 의해 9.11 이후 선제공격 독트린과 대 테러 전쟁의 여파로 준군사 공작이 강조되면서 부활했다.

로버트가 소속된 SOG는 CIA의 특수부대다. CIA 정통요원인 레이와 달리 로버트와 그의 팀원들은 델타포스와 네이비 씰, 포스리콘 출신들이다. SAD와는 창설 목적이나 운영형태가 다르지만 활동 영역이 묘하게 겹치면서 서로 간의 라이벌 의식이 강했다.

어느 분야나 마찬가지지만 프로의 세계에 2인자는 의미가 없었다. 뭔가 부족하기 때문에 2인자지 않느냐는 이미지가 강했기 때문이다. 어느 곳이나 최고를 찾고 최고에만 환호할 뿐이다.

조직 내에서 대놓고 평가하지는 않았지만 레이가 활동할 당시 로버트의 위치가 그랬다. 은연중 프로세계의 2인자 취급을 받은 것이다. 명예를 중시하는 군 출신답게 자존심에 상처를 입은 그는 SAD와 경쟁하듯 활동을 벌였지만 어느 순간 레이가 모습을 감춰 버렸다.

"하지만 오늘 같은 기회가 오기도 하는군."

로버트는 주택으로 들어서는 팀원들을 바라보며 의미심장한 미소를 지었다. 과거 부득이하게 매겨졌던 자신의 레벨을 상향시킬 기회가 찾아온 것이다.

"저격에 대비해 엄폐 위치를 확실히 지켜라."

―라저.

팀원들은 로버트가 말하지 않아도 알아서 움직이고 있었

다. 그들 역시 오늘 작전이 어떤 의미를 가지고 있는지 잘 알고 있었다. 만에 하나 실수라도 해서 레이에게 당하는 자가 나온다면 스스로 팀을 나갈 각오까지 가지고 있었다.

"지원팀. 주택의 건축도면 입수했는지 확인 바란다.

─확인됐다. 1, 2층으로 이뤄진 전형적 단독주택이다. 입구는 현관을 제외하곤 각각에 나 있는 창뿐이다.

"라저."

지원팀의 통신이 팀원 전체로 전달됐다.

"외부와 연결된 모든 공간을 장악하고 열감지 확인해라."

각 조에 장비를 담당하고 있는 팀원들이 건물을 스캔하며 내부에 움직이는 존재가 있는지 확인하기 시작했다.

─ 열감지 확인. 생체반응 없습니다.

'안에 없는 것인가. 아니면 차단막이라도 사용하고 있는 것인가?'

로버트는 생체반응을 확인할 수 없다는 보고에 잠시 고민했다.

'후자겠지.'

군 출신은 아니지만 레이는 영국의 특수부대 코만도 출신의 교관에게 훈련을 받았다. 엄폐 능력이나 주변 사물을 응용하는데 탁월한 능력을 보이던 레이였기에 자신의 몸을 감추는 정도는 어렵지 않을 것이다.

“진입한다. 제압이 목적이니 충격탄을 사용한다.”

―라저.

로버트의 지시에 앨리 팀의 움직임이 더욱 기민해졌다. 3인 1조를 이뤄 움직이는 팀원들은 창문과 현관문을 통해 CS탄(최루탄)을 던져 넣었다.

취이이익.

뿌연 안개를 쏟아내며 주택 안으로 던져진 CS탄이 회전을 일으키며 숨 쉴 틈 없이 공간을 장악했다.

“진입!”

―진입!

방독마스크를 착용한 팀원들은 1층 현관과 2층 창문을 통해 주택 안으로 뛰어들었다.

롤킨은 시가 한 대를 빼물고 주택 안에서 벌어지는 작전을 감상했다. 입에서 내뿜은 뿌연 연기와 주택 곳곳에서 흘러나오는 CS가스가 앙상블을 이뤘다.

“백업팀. 한국 쪽은 어떻게 하고 있나?”

―전철역 입구에 있는 국민은행에 차징을 걸었습니다.

“백업팀이 머리를 굴렸군.”

롤킨은 한국 쪽을 저지하기 위해 일으킨 사건이 은행 강도라는 보고에 피식 웃음을 흘렸다.

“위험도는?”

―한국 쪽이 도착하기 전에 치고 빠졌습니다. 한국 쪽 주파수가 벌집이라도 건드려 놓은 것처럼 요란합니다.

"가까운 곳에 하나 더 터뜨려."

이왕 일을 벌였으니 한국 쪽 시선을 확실히 떨쳐 놓는 게 좋았다.

―백업팀에 지시하겠습니다.

롤킨은 통신을 마무리 짓고 다시 시가를 입에 물었다. 오늘 이곳에서 벌어지는 사건이 차후 알려진다고 해도 그때쯤엔 상황 조작이 마무리되어 정황을 알 수 없게 될 것이다.

*　　*　　*

고주봉이 레이를 데리고 들어간 방 역시 전에 있던 곳과 비슷했다. 빈 콘크리트 공간. 레이는 도대체 여긴 어떻게 생겨먹은 곳이냐는 듯 사방을 두리번거렸다.

"그렇게 살펴봐도 네 머리론 알 수 없다. 본론으로 들어가."

"내용이 좀 되는데 그동안 이곳이 버틸 수 있겠어?"

레이는 슬그머니 봉 센터의 내구력을 알고 싶어 했다.

"너야말로 이런 식으로 계속 시간 낭비하면 재미없다."

고주봉의 말에 미스 황이 한 걸음 움직였다.

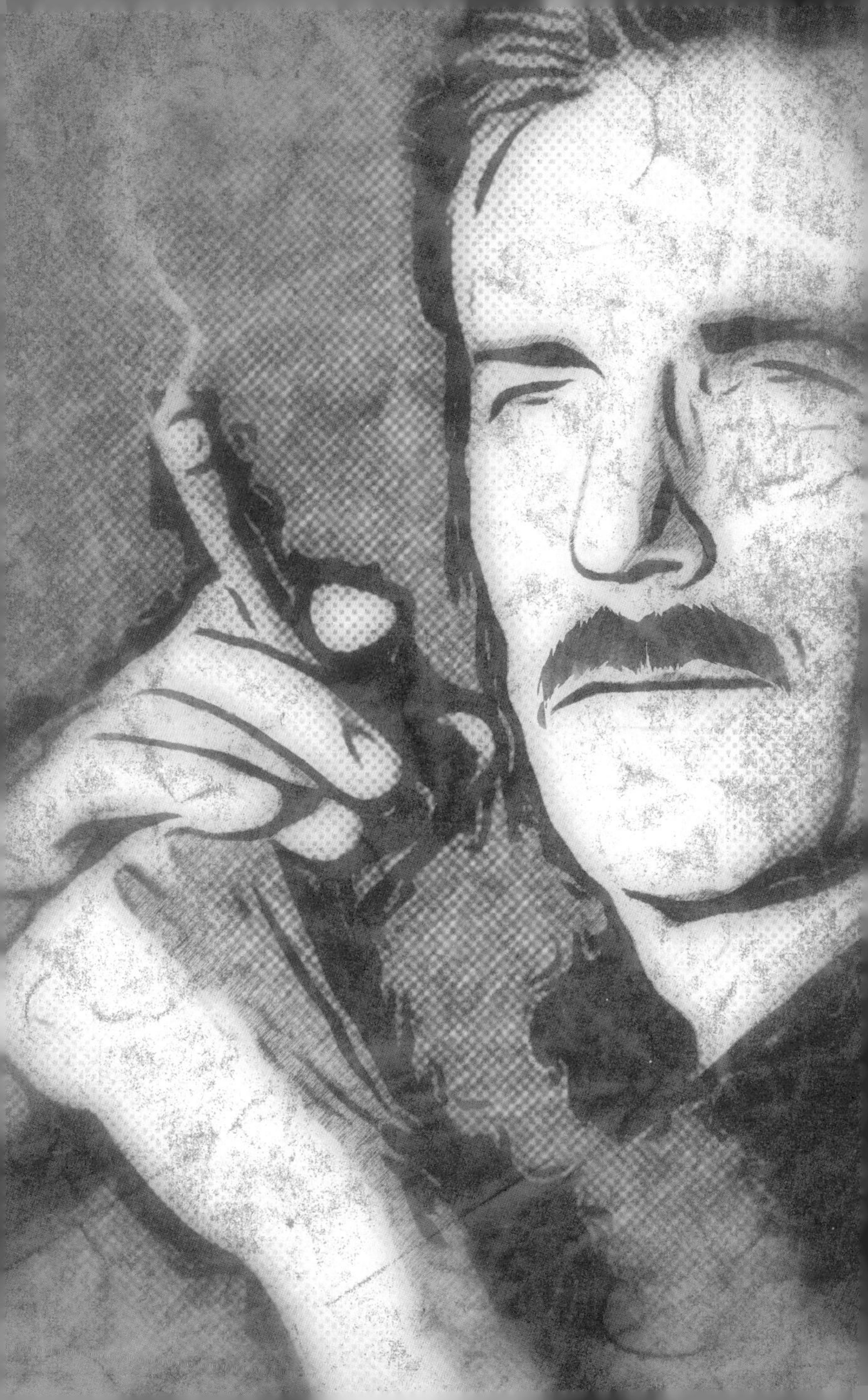

“스톱!”

레이는 곧바로 손을 들어 항복 의사를 보였다.

“왜 이런 짓을 벌인 거야?”

“휴. 일단 마피아부터 시작하자. 그러니까…….”

“짧고 간략하게.”

고주봉은 주저리주저리 떠들 여유가 없다는 듯 넋두리 비슷한 레이의 말투에 제동을 걸었다.

“쩝. 돈을 빼돌리긴 했는데 만져보기도 전에 쫓겼고 그 과정에 신상이 털리면서 개털 됐다. 노숙자로 신분을 바꿔서 일년간 바닥에서 생활했고.”

“CIA는?”

“그쪽에서 원한 파일이 하나 있는데 마피아 놈들 때문에 약속을 지키지 못했다.”

“나에게 줄 정보는?”

“랭그리에서 원하는 것.”

고주봉과 레이의 대화는 정말 짧고 굵게 진행됐다.

“여긴 왜 왔지?”

“살고 싶어서.”

“CIA에 정보를 넘기고 도움을 청하면 충분히 신분세탁이 가능했을 텐데?”

고주봉은 든든한 백을 놔두고 왜 하필 여기냐며 인상을

썼다.

"내가 바본가? 너는 등가교환, 아니, 기브 앤 테이크에 약속을 잘 지키지만 랭그리가 잘도 그러겠다. 내가 파일을 건네도 그것뿐이라고 생각할 놈들이 아니지. 만에 하나 모든 것을 다 주었다고 해도 기밀사항을 알고 있는 나를 신분세탁 해줄 정도로 친절한 놈들도 아니고."

"아무리 퇴사했다고 하지만 몸담고 있던 회사를 너무 삭막하게 이야기하네."

"내 손으로 신분세탁 시켜준 놈이 한둘일 것 같냐?"

레이는 착잡한 표정으로 이야기했다.

"신분세탁이라… 말 그대로 세탁해 버렸다는 뜻이군."

"그래. 태평양 한가운데서 물고기 밥이 됐지."

그때 그르르릉 소리를 내며 한쪽 벽이 움직였다.

"아, 저분이 오타쿠 그랜파?"

레이는 신 영감이 안으로 들어오자 아는 체를 했다.

"다들 어떻게 하고 여길 온 겁니까?"

"네 방에 넣어놨다."

"하필이면 제 방입니까?"

고주봉은 바로 신경질을 냈다. 주인 없는 방에 불청객을 모아놨다면 분명히 부지런 떠는 인간이 생길 것이다.

"괜찮아. 헛짓하는 놈이 있으면 혼 좀 날 테니까."

신 영감은 별걸 다 걱정한다며 툴툴거리더니 레이 쪽으로
고개를 돌렸다.
"한국말 잘하나?"
"아. 네."
레이는 한국말 할 줄 아냐는 신 영감의 말에 고개를 끄덕였
다.
"후레자식 같으니라고. 넌 나중에 나랑 면담 좀 해야 할 거
다."
"네?"
레이는 대뜸 욕부터 쏟아내는 신 영감의 태도에 떨떠름한
표정이 되었다.
"이유가 뭐라더냐?"
신 영감은 레이에게 할 말은 끝이 났다면서 곧바로 고주봉
에게 질문을 던졌다.
"아직은……."
"그럼 빨리 해라. 밖에서 아주 난리를 치고 있다."
"들어왔습니까?"
"CS탄 까고 들어오기에 잠시 놀아보라고 차폐막 작동시켜
주고 왔다."
고주봉은 고개를 끄덕이더니 다시 레이에게 질문을 했다.
"내가 궁금한 것은 한 가지야. 나를 찾아왔든 죽이러 왔든

왜 스스로 암시를 걸었냐는 거지. 이번에도 두루뭉술 피해가
려 한다면 끝이다.”

“그게…….”

“말해봐.”

고주봉과 미스 황, 그리고 신 영감은 레이의 얼굴을 빤히
쳐다봤다.

“아까 말했잖아. 나도 기억을 못한다고.”

“…….”

“진짜라니까. 처음엔 뭔가 명확한 이유가 있어서 그랬던
것 같은데…….”

“머릿속이 엉망이 되면서 기억이 혼재되었다?”

고주봉의 말에 레이는 고개를 끄덕였다.

“믿을 걸 믿으라고 해야지. 네가 그런 부작용을 모르고 자
가최면을 걸었다고?”

“부작용이야 나도 알고 너도 알지. 하지만 여기까지 오는
데 이렇게 시간이 많이 걸릴 거라곤 예상치 못했다고. 그거다
하루도 편할 날 없이 쫓기며 지내다 보니 스트레스가 너무 많
아서…….”

레이는 정말 억울하다며 항변했지만 그걸 믿어줄 사람은
아무도 없었다.

“이런 식이면 네가 가지고 있다는 정보도 신뢰할 수 없다

는 것 잘 알고 있지?"

고주봉은 고개를 저어버렸다.

"젠장! 내 상태는 그렇다 쳐도 정보는 진짜다."

레이는 바지를 훌러덩 벗더니 사타구니 안쪽의 살을 잡아 뜯었다. 실리콘으로 제작된 인공피부가 터지면서 마이크로(Micro) 메모리 카드가 나타났다.

"스마트폰에 들어가는 메모리카드네요."

미스 황은 레이의 손에 들린 메모리 카드를 확인하더니 바로 자신의 폰을 꺼내 들었다.

"여기서 확인하게?"

레이는 미스 황이 손을 내밀자 고주봉을 바라봤다.

"내놔."

고주봉은 협상자체를 거부하며 레이에게 턱짓을 했다. 미스 황에게 넘기라는 뜻이다.

"암호화되어 있어서 안 열릴 거다."

레이는 메모리를 넘기며 맘대로 해보라는 표정이 되었다.

"신 영감님. 접속 좀."

미스 황은 카드를 스마트 폰에 꽂아 넣더니 신 영감을 바라봤다.

"이럴 때만 님자를 붙이는군."

신 영감은 구시렁거리면서도 할 일은 한다는 듯 자신의 폰도 꺼내 들었다.

"링크되었다. 메인서버로 연결될 거야."

신 영감의 말에 미스 황은 메모리 카드에 담긴 파일을 업로드하기 시작했다.

"어쩌려고?"

레이는 파일 내역을 다른 곳으로 전송하는 미스 황의 모습에 고주봉을 바라봤다.

"너야 목숨을 구걸하는 입장이니 협상이 안 되겠지만, 밖에 있는 손님들은 호기심을 보일 것 같아서 말이야."

"어려울 걸."

레이는 불가능하다며 고개를 저었다.

"신 영감님. 지금 몇이나 들어와 있죠?"

"차폐막 내리기 전까지 모두 9명."

"흠. CIA 작전 요원 9명의 목숨과 메모리 카드면 충분히 협상에 응하지 않겠어?"

"그들이 쉽게 잡힐 것처럼 이야기하는데……."

"망할 양키 놈아. 내가 말할 때 뭘 들은 거냐?"

신 영감은 당장에라도 레이의 얼굴을 쥐어뜯을 것처럼 으르렁거렸다.

"그랜파는 욕쟁이입니까?"

레이는 입이 사나운 신 영감을 보며 미간을 찡그렸다.

“C4라도 들고 온 게 아니라면 차폐막 못 뚫어. 이미 갇혔다
고 보면 돼.”

“저기. 아까부터 궁금했는데 말이야.”

“뭔데?”

“여기 도대체 뭐냐?”

“알고 싶어?”

“그래.”

“달러로 백만.”

“장난하지 말고.”

레이는 자신의 주머니를 뒤집어 보이며 먼지를 털어냈다.
빈털터리에게 무슨 돈을 요구하냐는 표정이다.

“궁금하면 돈 가져와.”

고주봉은 더 이상 할 말이 없다는 듯 미스 황에게 시선을
돌렸다.

“암호는?”

“128bit 체계입니다. 오래 걸리진 않을 겁니다.”

128bit 암호를 푸는 데 얼마 걸리지 않는단 말에 레이의 표
정이 일그러졌다.

“슈퍼컴퓨터라도 설치해 놓고 사는 거냐?”

레이는 어이없다는 얼굴로 고주봉을 바라봤다.

“미스 황. 예상 시간을 말해줘.”

"길면 두 시간 정도입니다."

미스 황의 대답에 고주봉은 너무 늦다는 표정이 되었다.

"레이. 두 시간이면 파일이 열린다."

"그래서?"

"두 시간 뒤에 손해 볼래, 아니면 지금이라도 내용을 알려
주고 협상에 참여할래?"

어차피 알려질 것 그나마 유리할 때 뱉으라는 말이다.

"빌어먹을……."

레이는 발까지 구르며 신경질을 내더니 결국 입을 열었다.

"프랭크 올슨(Frank Olson)에 대한 자료다."

"프랭크 올슨?"

고주봉은 자신도 알고 있는 이름이 나오자 다시 질문을 했
다.

"그 사람이 왜? 죽은 지 반세기는 넘었는데."

"프랭크 올슨이 암살당하기 전에 그가 참여했던 실험과 자
료들을 숨겨놓았었다."

"폭로용이었군."

프랭크 올슨은 미 육군 소속의 화학자였다. 메릴랜드 주 프
레드릭에 위치한 포트 디트릭(Fort Detrick)에서 CIA와 함께
어떤 비밀스런 업무를 수행했다. 1953년 11월 28일 밤, 투숙
하고 있던 뉴욕의 펜실베이니아 호텔 10층에서 투신자살했

다고 알려졌지만 결국 암살된 것으로 밝혀진 인물이다.

"그래. 프랭크는 당시 참여했던 실험이 비(非)인륜적인 것에 충격을 먹고 정신치료까지 받았었지."

"그러니까. 과거의 흔적을 지우기 위해서 널 쫓고 있다는 거네?"

"아니."

레이는 그게 아니라는 듯 고개를 저었다.

"아니라고?"

"지우기 위해서가 아니라 프랭크가 감춰둔 실험 자료를 갖고 싶어 하는 거지."

고주봉은 잠시 이해가 안 된다는 듯 고개를 갸웃거렸다.

"반세기 전의 실험이다. 당시엔 대단했을지 몰라도 지금엔 그리 큰 의미가 없을 텐데."

"프랭크가 참여한 실험은 마인드컨트롤에 관련된 것이다. MK울트라 프로젝트도 여기서 시작됐다고 보면 된다."

"다 아는 이야기잖아."

고주봉은 특별할 것도 없다는 듯 레이를 바라봤다.

"초기엔 그랬다는 거지."

"그럼 다른 형태의 연구나 실험이 있었다는 말인가?"

"내가 아는 건 거기까지다. 나도 파일을 열어보진 못했다."

레이는 자신이 아는 전부라며 어깨를 으쓱였다.

"그런데 왜 이걸 네가 가지고 있지?"

"그건 더 복잡한데 지금 이야기해?"

레이는 시간 없다고 한 사람이 언제까지 여기서 죽치고 있을 거냐는 듯 고주봉을 바라봤다.

"좋아. 일단 그 이야기는 뒤로 미루지."

"정말 피곤하다. 좀 쉬고 싶어."

레이는 이쯤에서 자신의 처지도 생각해 달라고 했다.

"그래. 피곤하겠다. 쉬고 있어."

"정말?"

"당연하지. 여기서 푹 쉬고 있어."

"어… 여기서?"

레이는 콘크리트 방 좀 벗어나면 안 되겠냐며 고주봉을 바라봤다.

"아직 확인된 게 하나도 없잖아."

"다 이야기해 줬잖아."

레이는 억울하다는 얼굴이 되었지만 고주봉은 눈빛 한 번 흔들리지 않았다.

"나도 이야기는 얼마든지 해줄 수 있지. 하지만 그걸 증명하는 것은 다른 거잖아. 거기다 어디가 내가 원하는 정보라는 건지. 도무지 알 수가 없네."

“야! 존.”

레이는 이제와 입을 닦으면 어쩌자는 거냐며 소리를 질렀다.

“미스 황. 메모리 카드 돌려줘. 우리 것도 아닌데 가지고 있어봤자지.”

“그래야죠.”

업로드가 끝난 메모리 카드가 다시 레이의 손에 쥐어졌다.

“일단 밖에 있는 이들과 이야기가 끝나면 다시 보자고.”

고주봉은 볼일 끝났다는 듯 미스 황과 신 영감을 데리고 방을 나가 버렸다.

“이… 망할 자식. 내가 이럴 줄 알았지.”

레이는 반대편 사타구니를 쓰다듬으며 히죽 웃음을 흘렸다.

“크. 이놈의 두통. 언제쯤 사라지려나.”

거울이라도 있다면 자신에게 걸어놓은 암시를 어느 정도 풀 수 있겠지만 지금 당장은 두통에 시달리는 수밖에 없었다.

“그런데 내가 어떤 암시를 걸었던 거지? 존을 끌어들이는 것은 성공했지만 이거 후유증이 만만치 않군.”

레이는 바닥에 주저앉으며 혼잣말을 중얼거렸다.

“내가 자가 최면에 들었다는 것은 분명한데… 왜 그랬는지를 모르겠단 말이지.”

자신이 그냥 찾아와서 부탁했다면 존은 자신을 절대 도와
주지 않았을 것이다. 마피아와 미정보국까지 주렁주렁 달고
나타난 자신이 뭐가 예뻐서 도움을 주겠는가 말이다. 자신의
일이 아니면 관심조차 갖지 않는 스타일임을 알고 있기 때문
에 일을 꾸미기는 했는데 솔직히 자신이 왜 그런 짓까지 했는
지 여전히 혼란스러운 레이였다.

"뭔가 외부조건에 따라 내 행동패턴이 바뀌는 것 같은
데⋯⋯."

레이는 자신의 행동을 곰곰이 살펴보며 이상한 점을 찾기
시작했다.

'존을 죽이고 싶다는 생각이 절실하긴 했는데, 왜 정작 실
행에는 제어를 걸어놓은 걸까. 정말 내가 그런 암시를 걸었을
까? 그게 아니라면 혼란 때문에 자가 최면에 문제가 생긴 건
가?'

레이는 정신을 집중했다. 스스로 납득하지 못할 행동을 한
것에 관조를 시작한 것이다. 정말 자신이 그런 짓을 해놓았다
면 분명히 그럴 만한 이유가 있었을 것이다. 잠시 어긋나 있
는 기억만 되찾는다면 소소한 의문들은 삽시간에 사라질 것
이다.

"윽!"

그러나 금세 이어지는 찌릿한 두통 때문에 관조는커녕 일

반적인 사고 자체도 쉽지 않았다.

"빌어먹을 두통!"

방 밖으로 나갔던 고주봉은 두 사람에게 조용히 하라는 신호를 보내더니 레이가 있는 방을 들여다봤다. 다른 방과 달리 레이가 있는 방은 작은 구멍이 몇 개 뚫려 있었는데 반대편으로 안을 볼 수 있는 구조였다.

"그럼 그렇지. 나도 그럴 줄 알았다. 이 사기꾼 놈."

고주봉은 레이가 사타구니를 훑으며 웃음을 보이자 고개를 끄덕이더니 곧바로 자리를 옮겼다. 레이야 잡아놓은 물고기니 일단 신경을 끄고 밖에서 파닥거리는 새로운 횟감들을 거둬들일 시간이다.

*　　*　　*

"뭐… 뭐야?"

로버트는 자신의 눈앞에 펼쳐진 광경에 잠시 할 말을 잃었다. 최루탄을 터뜨리며 기세 좋게 밀고 들어간 팀원들이 순식간에 갇혀 버렸기 때문이다. 현관은 물론이고 창문에 이르기까지 시커먼 철판이 내려와 모두 닫혀 버린 것이다.

안으로 들어간 부하들과 통신을 하고자 했지만 아무리 불러봐도 대답조차 없었다.

주택 밖에서 느긋하게 작전을 지켜보고 있던 롤킨 역시 입에 물고 있던 시가를 신경질적으로 뱉어냈다.

"로버트 어떻게 된 건가!"

롤킨의 외침에 로버트는 멍한 얼굴로 뒤를 돌아봤다.

"부국장님……."

평범하다 생각했던 2층 주택이 철옹성으로 변하면서 부하들을 삼켜 버리자 어떻게 해야 할지 대응책이 떠오르지 않았다.

"일단 물러나라."

"하지만!"

"나와!"

로버트는 자리를 뜰 수 없는지 잠시 머뭇거렸지만 롤킨의 단호한 음성에 어쩔 수 없이 밖으로 나와야 했다.

"대기 중인 요원들 전부 불러들여."

"알겠습니다."

로버트가 근방에 대기 중이던 요원들에게 통신을 날리는 동안 롤킨 역시 지원팀에게 곧바로 연락을 했다.

"기술관리국 요원들에게 알린다."

―말씀하십시오.

"주택 안으로 들어가는 모든 입구가 철판으로 막혔고 요원들과 통신이 끊어졌다. 강공을 펼칠 것이니 관련 장비를 모두 가지고 들어와라."

―바로 준비하겠습니다.

기술지원을 나와 있던 요원들 역시 발등에 불이 떨어졌다. 주택에 특별한 이상이 없다고 보고했는데 어이없는 일이 벌어진 것이다.

로버트와 롤킨의 명령이 떨어지고 10분 정도 시간이 지나자 이번 작전에 참여했던 모든 요원이 신 영감의 주택 앞에 모여 들었다.

"기술팀은 문을 열고 전투 요원들은 엄호한다."

"알겠습니다."

"백업팀은 어디쯤 오고 있나?"

"20분 정도 예상됩니다."

"도착하면 파리가 꼬이지 않도록 이쪽으로 들어오는 길을 차단하라고 해."

"알겠습니다."

요원들은 롤킨의 지시에 따라 주택에 갇힌 동료들을 구하기 위해 움직이기 시작했다.

"로버트."

"네."

"한국통에게 연락을 넣어서 이곳에 대해 아는 자가 있는 확인해라.”

“알겠습니다.”

오랜 세월 정보세계에 몸 담아온 롤킨은 골목 안에 감춰져 있던 2층 주택이 절대 평범한 곳이 아님을 직감했다. 만에 하나 레이가 몸을 숨기고 있는 안가가 아니라 다른 용도의 장소라면 예기치 못한 적을 만날 수도 있었다.

“그나마 다행이라면 이곳이 한국이라는 점이군.”

총기사용이 어렵지 않은 국가였다면 지금쯤 심각한 일이 벌어졌을 것이다. 다행히 총기규제가 엄격하고 행여 문제라도 발생하면 경찰이 벌떼처럼 몰려드는 곳이 한국이었기에 정체를 알 수 없는 상대도 함부로 공격을 하지는 않는 것이라 판단했다.

“레이… 무슨 생각으로 한국에 들어온 거냐.”

롤킨은 많고 많은 도주로 가운데 왜 한국을 택했는지 이유를 알 수 없었다. 체제가 불안전한 국가로 몸을 피했다면 아무리 자신들이라 해도 애를 먹었을 것이다.

“부국장님. 전화가 와 있습니다.”

“전화?”

이 와중에 무슨 전화냐는 듯 기술팀 요원을 바라봤다.

“로윈 의원이십니다.”

“받아보지.”

롤킨이 손을 내밀자 기술팀 요원이 위성전화를 건넸다.

"롤킨입니다."

—오랜만이요. 부국장.

"좋지 않은 타임에 연락을 주셨습니다."

롤킨은 길게 통화할 수 없다는 뉘앙스를 보였다.

—작은 부탁이 하나 있어서 말이지.

"말씀하시죠."

—레이란 자를 손에 넣으면 우리 쪽에도 연락을 주었으면 하네.

롤킨은 로윈의 요청을 듣는 순간 전화기를 던져 버리고 싶었다.

'더러운 놈들. 결국 돈 때문에 연락을 했군.'

레이가 빼돌린 마피아의 돈이 정계의 비자금과 관련 있다는 보고는 이미 받은 상태였다.

"이유를 알 수 있습니까?'

—부국장도 나쁘지 않은 일이네.

"참고하죠."

—부탁하네.

롤킨은 로윈의 말이 끝나기도 전에 전화를 끊어버렸다.

"로윈 의원. 참고는 하겠지만 정치인들 장단에 놀아날 만큼 여유롭지가 않아서 말이지."

롤킨은 새롭게 임명된 CIA 국장 해리스조차 마음에 들지 않았다. 몇몇 정치인의 입김을 받아 낙하산 인사가 펼쳐진 것이다.

"애국법으로 모조리 처형시켜야 할 자들."

롤킨은 차갑게 한마디 내뱉더니 주택 쪽으로 시선을 돌렸다. 레이가 가지고 있는 물건만 손에 넣는다면 탈냉전 이후로 나약해진 조직을 효과적으로 재구성할 수 있을 것이다.

"그때가 되면 네놈들의 구역질나는 짓거리도 모두 끝장을 내주지."

＊　　　＊　　　＊

돈도 권력도 기생하는 자들이 있고 그들의 힘에 또다시 기생하는 자들이 있다. 본래 인간은 세상에 기생하도록 창조되었기에 우리는 그것을 욕할 수 없다. 그저 힘없는 자의 한탄만 존재할 뿐.

헤이, 버디. 마이 프랜

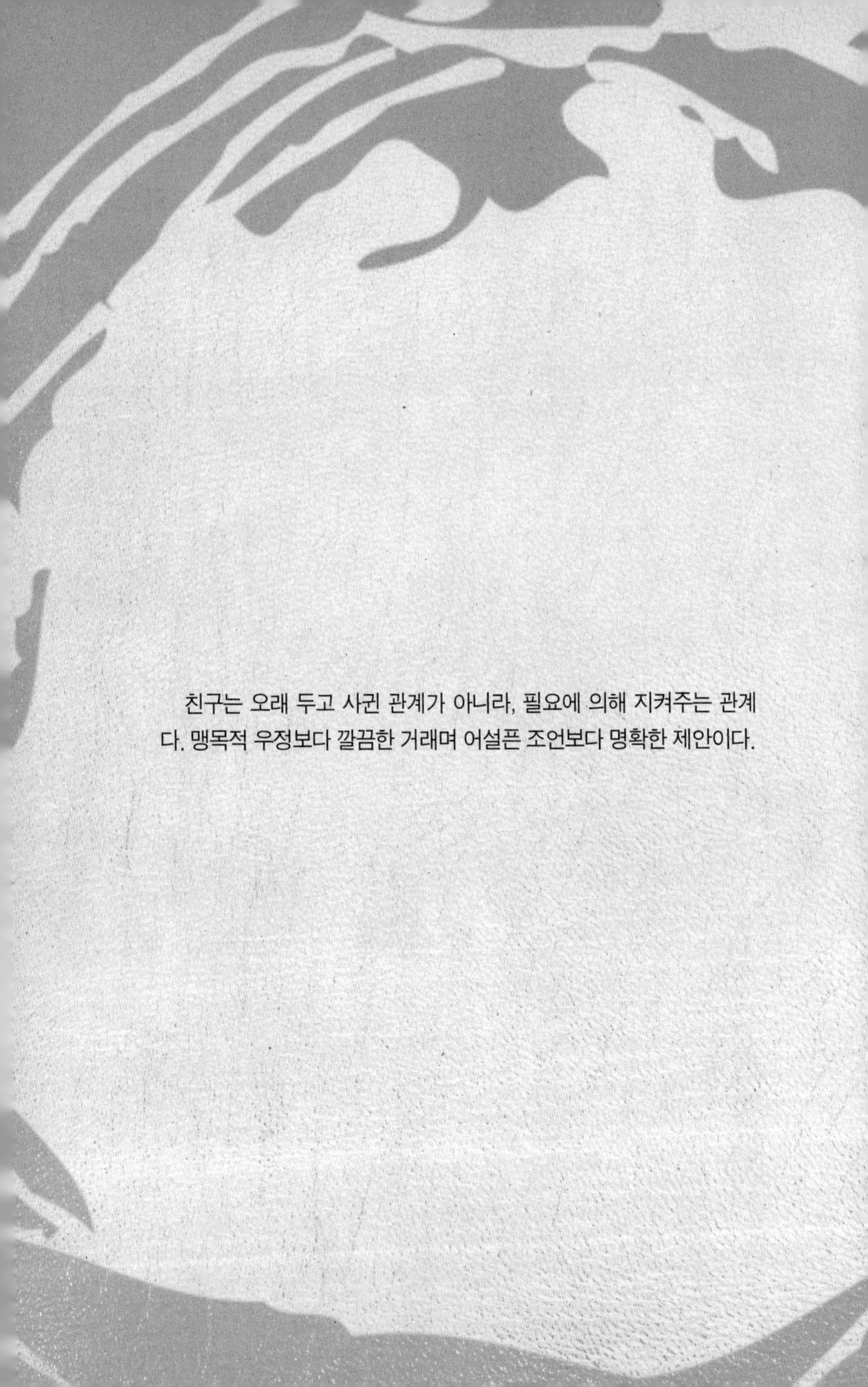
친구는 오래 두고 사귄 관계가 아니라, 필요에 의해 지켜주는 관계
다. 맹목적 우정보다 깔끔한 거래며 어설픈 조언보다 명확한 제안이다.

퍼슈어
PURSUER

감금된 요원들을 구출하기 위해 조심스럽게 차폐막으로 접근하던 기술팀 요원은 급히 움직임을 멈추었다.

"왜 그래?"

"철판이… 움직이는 것 같은데."

뒤쪽에 있던 동료가 무슨 소리냐는 듯 고개를 내밀었다.

덜컹.

"무… 물러서!"

"철판이 움직인다!"

기술팀 요원 두 명이 다급히 소리를 지르며 물러서자 주변을 둘러싸고 있던 요원들 역시 급히 엄폐물을 찾으며 몸을 날렸다. 아무런 정보가 없는 상태에서 작전을 시행하다 보니 모든 게 변수처럼 느껴져 평소처럼 대응하기가 어려웠다.

롤킨과 로버트 역시 현관을 막고 있던 차폐막이 천천히 올라가기 시작하자 다음에 벌어질 상황을 유심히 지켜봤다.

"콜록. 콜록."

현관문이 열리며 누군가 기침을 토해냈다.

"여자입니다."

"여자가 나타났습니다."

여기저기서 보고를 올리자 롤킨이 신경질적으로 대답했다.

"나도 보고 있다. 요원들은 침착해라."

모습을 나타낸 여인은 서너 차례 기침을 더 하고 나서야 고개를 들었다.

"여기 담당자가 누구신가요?"

당당한 모습으로 담당자를 찾는 여인의 태도에 요원들의 시선이 롤킨과 로버트에게 옮겨갔다. 현관문을 열고 나타난 여인. 미스 황은 자연스럽게 시선을 쫓았고 롤킨과 로버트를 발견했다.

"왜 남의 집 앞에서 이 난리죠?"

미스 황의 질문에 로버트는 롤킨을 바라봤다. 자신이 대답을 할지 아니면 롤킨의 말을 기다릴지 판단이 서지 않았기 때문이다.

"내가 이야기하지."

롤킨은 여인의 태도에서 위험성이 느껴지지 않자 앞으로 나섰다.

"우리 쪽 사람들은 어찌 되었나?"

롤킨의 말에 미스 황은 미간을 찡그렸다.

"난 영어 모르는데."

미스 황의 말에 롤킨이 요원들을 바라봤다.

"뭐라고 하는 거지?"

롤킨도 한국말을 몰랐다.

그때 한국에 파견되었던 요원 한 명이 앞으로 나섰다.

"제가 통역하겠습니다."

롤킨이 고개를 끄덕이자 곧바로 대화가 진행됐다.

"우리 쪽 사람은 어찌 되었나?"

"되었나?"

미스 황은 대뜸 말을 던지는 번역 요원의 말에 어이없는 표정을 지었다.

"우리 쪽 사람을 어떻게 했냐고 묻고 있다!"

"당신들 예의가 없네."

"뭐?"

"대화할 자세가 안 되어 있어. 좀 더 고생을 하는 게 좋겠어."

"그게 무슨."

통역 요원은 미스 황이 다시 안으로 들어가려고 하자 마음이 급해졌다. 부국장 앞에서 나름대로 점수도 딸 겸 나선 것인데 이렇게 끝나 버리면 가만히 있는만 못하게 되는 것이다.

"당신들 대장에게 전해. 예의 있게 대화를 나눌 생각이 생겼다 판단되면 다시 오겠다고."

미스 황이 안으로 들어가 버리자 한국말을 모르는 롤킨과 로버트는 어리둥절한 표정이 되었다.

"뭐라고 하는 건가?"

"그게……."

"괜찮으니 말해보게."

"잠시 뒤에 이야기를 나누겠답니다."

요원은 미스 황의 말을 있는 그대로 옮길 자신이 없었다. 일단 여지를 남기고 들어간 상태니 다시 대화를 해올 거라 생각하고 설명을 했다.

"대원들의 안전은?"

"그 부분은 이야기를 듣지 못했습니다."

무리를 해서라도 주택을 열고 들어갈 생각이었지만 미스 황의 등장으로 기술팀을 다시 보내기도 난감해졌다. 레이의 협조자가 있을 거라곤 생각했지만 이 또한 예상치 못한 대응이었다.

"일단 기다려 보지."

롤킨의 말이 끝남과 동시에 닫혔던 현관문이 다시 열렸다. 미스 황이다.

"이봐! 당신."

미스 황은 통역을 담당한 요원에게 손가락질을 했다.

"말해라."

"통역 제대로 한 거야?"

"그렇다."

"내가 영어로 말은 하지 못해도 듣는 건 잘하거든?"

미스 황은 지금 장난하느냐는 듯 요원을 바라봤다. 요원은 미스 황의 말에 얼굴빛이 칙칙해졌다.

'저 여자가!'

요원은 속에서 부아가 치밀어 올랐지만 자신이 제대로 통역을 하지 않았다는 걸 걸고넘어지자 화를 낼 수도 없었다.

"9명은 우리가 잘 데리고 있어. 하지만 시간이 지나도 계속 안전할 거라고 장담하지는 못해."

미스 황이 인질(?)들을 걸고넘어지자 요원은 마음이 급해졌다.

"뭐라고 하는 건가?"

부국장은 통역을 하겠다던 요원이 혼자서 계속 떠들어대자 신경질을 냈다.

"아, 죄송합니다. 그게……."

"넌 통역이다. 네 사견이나 판단을 집어넣지 마!"

롤킨은 대충 상황을 인지했는지 날카롭게 요원을 노려봤다.

"우리 쪽 요원들을 데리고 있다고 합니다. 그리고 예의를 보이면 이야기를 나누겠답니다."

"예의를 보여라?"

롤킨은 무슨 말인지 알겠다는 듯 고개를 끄덕였다.

"로버트."

"네."

"요원들을 물려라."

"하지만!"

로버트는 저들이 어떤 식으로 나올지 모르는 상태에서 위험한 결정이라는 듯 반대 의견을 보였다.

"시키는 대로 해. 어차피 지금 상태론 시간이 흐를수록 불리한 것은 우리 쪽이다."

"알겠습니다."

로버트가 요원들을 물리자 롤킨이 앞으로 나섰다.

"통역이 동행한다."

“알겠습니다.”

롤킨은 통역 요원과 함께 주택 앞까지 이동했다. 미스 황은 주변을 포위하고 있던 이들이 물러서고 두 사람이 앞으로 나서자 고개를 끄덕였다.

“들어오시죠. CS탄 때문에 코가 맵긴 하지만.”

미스 황은 두 사람에게 따라 오라며 현관 안으로 들어갔다.

“들어오랍니다.”

“그럼 들어가야지.”

긴장한 요원과 달리 롤킨은 아무렇지도 않다는 듯 미스 황을 따라 집안으로 들어갔다.

“대범한 자로군.”

신 영감은 거리낌없이 미스 황의 뒤를 따르는 롤킨을 보며 감탄을 감추지 않았다.

“아마 정보세계에서 잔뼈가 굵은 자일 겁니다. 협상이 만만치 않을 것 같군요.”

고주봉은 이번 작전에 지휘관으로 나선 이가 현장요원이길 바랐다. 아무래도 직선적인 성격들이 많기 때문에 적당히 줄다리기를 하면 상황을 요리해 나가는 데 유리했기 때문이다. 하지만 지금 오고 있는 자같이 지긋한 나이에 무덤덤한 성격을 지닌 자라면 속내를 파악하는 게 어려웠다.

미스 황을 따라 안으로 들어온 롤킨과 통역 요원은 코를 찡그렸다. 매캐한 냄새가 후각을 건드린 것이다.

"남의 집에 함부로 들어온 것도 모자라 화생방까지 저지른 것은 명백한 불법행위입니다."

미스 황의 말에 요원은 그대로 말을 옮겼다.

"급한 마음에 실례를 했군. 사과하지."

"애초에 사과할 짓을 벌이지 않는 게 어른스러운 거겠죠."

역시 통역이 이뤄졌고 이번엔 롤킨도 별다른 말을 하지 않았다. 의도적으로 자신을 자극하고 있음을 눈치챈 것이다.

"이쪽으로."

미스 황은 두 사람을 작은 방으로 안내하더니 문을 닫았다.

"아무것도 없군."

롤킨은 방 안을 둘러보며 경계의 눈빛을 보였다.

덜컹.

뭔가 걸리는 듯한 소음과 함께 방 전체가 움직이는 느낌을 받았다.

'방이 내려가?'

롤킨은 어이없는 표정을 지었다. 밖에선 허름해 보이는 주택이지만 안쪽은 전혀 다른 구조로 지어진 모양이었다.

진동이 멈추자 미스 황은 들어왔던 문을 다시 열었다. 그러자 콘크리트로 만들어진 통로가 모습을 드러냈다.

롤킨의 표정이 점점 굳어지기 시작했다.

'국정원과 관계된 곳인가?'

롤킨이 생각하기에 한국 내에서 이런 시설을 운용할 만한 조직은 국정원 말고는 없었다.

"국정원 소속인가?"

미스 황을 따라 걸음을 옮기던 롤킨이 입을 열었다. 그러나 미스 황은 아무런 대답을 하지 않았다. 몇 차례 방향을 바꿔 이동하던 롤킨은 벽면이 열리면서 다른 공간이 드러나자 표정이 심각해졌다. 나름대로 방향을 감지하며 움직이고 있었지만 어느 순간부터 자신이 있는 위치를 파악하기 어려워졌기 때문이다.

나무로 만들어진 책상 하나와 쿠션 없는 철제 의자만 덩그러니 놓여 있는 사각의 방. 미스 황의 경리실이다.

"잠시 앉아서 기다리시죠."

미스 황은 두 사람에게 철제 의자를 가리켰다.

롤킨은 미스 황의 말대로 순순히 의자에 앉았다. 미스 황은 자신의 자리에 앉더니 스피커폰을 이용해 고주봉에게 연락을 넣었다.

"센터장님. 도착했습니다."

―모셔오세요.

“알겠습니다.”

미스 황은 책상 위 장치를 조작하더니 고주봉의 방으로 통하는 벽면을 열었다. 의자에 앉아 방 안을 살펴보고 있던 롤킨과 통역 요원은 벽이 움직이며 다른 통로가 나타나자 놀라움을 감추지 못했다.

‘모든 통로가 저런 식으로 이어져 있다면 안내자 없인 길을 잃을 수도 있겠군. 아니, 의도적으로 누군가를 가둬 버리고자 한다면…….’

롤킨은 이곳의 구조가 단조로우면서도 예측할 수 없다는 생각에 호기심이 동했다. 자신들도 나름대로 보안에 집중하고 관리를 하고 있지만 이런 식의 건축구조는 한 번도 생각해 보지 못했었다.

“가시죠.”

미스 황은 벽 쪽을 가리켰다.

“그러지.”

다시 콘크리트 통로를 따라 이동한 롤킨이 도착한 곳은 고주봉의 집무실이었다.

“이곳은 사람 사는 분위기가 나는군.”

주택에 들어온 뒤 계속해서 콘크리트 통로와 방만 보다가 처음으로 정상적인 방을 발견하자 고개를 끄덕였다.

‘일단 대화를 원하는 것은 명확하군.’

롤킨은 방 안에 있는 사람들을 둘러봤다.

'생각보다 꽤 많군.'

젊은 남자 셋에 중년 사내 하나. 자신을 안내해 준 여자와 조금 어려 보이는 여자 둘. 거기에 나이가 지긋해 보이는 학자풍의 노인이 눈에 들어왔다.

'저자인가?

누구나 방 안에 들어오면 하는 실수. 이곳의 주인이 신 영감이라는 착각을 그 역시 피해가지 못했다. 신 영감이 거칠게 입을 열지 않는 이상 오랜 세월 교단에서 활동해 왔던 학자로서의 품위가 상대방을 착각하게 만드는 것이다.

"앉으시죠."

미스 황은 롤킨에게 자리를 권했다.

"차는 어떻게 하시겠습니까?"

롤킨이 자리를 잡자 미스 황은 철저히 사무적으로 대응하기 시작했다.

"커피가 당기는군."

롤킨의 말에 고개를 끄덕인 미스 황이 잠시 자리를 비웠다. 롤킨은 누군가 먼저 말을 걸어온다면 좋겠는데 모두 자신을 바라보기만 할 뿐 입을 열지 않자 먼저 나서기로 했다.

"방주인이 책을 좋아하는 모양입니다."

롤킨은 방 안을 둘러보며 자연스럽게 입을 열었다.

“인테리어입니다.”

롤킨의 반응을 살피고 있던 고주봉이 드디어 입을 열었다.

“인테리어치곤 손때가 많이 묻은 것 같은데.”

롤킨은 당신이 나와 대화를 나눌 상대인가 하는 표정으로 고주봉을 바라봤다.

“존입니다.”

“롤킨이네.”

통역이 고주봉의 말을 영어로 옮겼고 롤킨이 대답을 하면 고주봉이 바로 말을 이어가는 모양새다.

“영어에 능숙한 것 같은데?”

롤킨은 편하게 대화를 나누면 될 것 같은데 번거롭지 않느냐는 표정을 지었다.

“듣기만 합니다.”

미스 황이 했던 말을 고주봉이 다시 반복했다.

“특이한 친구로군.”

“작은 취미 생활이라도 해두죠.”

고주봉의 말에 롤킨은 나쁘지 않은 취미라는 듯 고개를 끄덕였다.

“사람을 불렀으면 이유를 물어야 하지 않겠나?”

“주인의 허락도 없이 무단침입을 했으면 사과가 먼저 아니겠습니까?”

통역이 고주봉의 말을 번역하자 롤킨의 얼굴에 미소가 드리워졌다.

"필요하다면 해야겠지."

롤킨은 사과를 하는 건 어렵지 않지만 그러기 전에 해결할 게 있지 않느냐는 표정이다.

"레이가 필요한 겁니까, 아니면 레이가 가진 정보가 필요한 겁니까?"

"후후. 생각보다 많은 걸 알고 있나 보군. 레이가 이곳에 숨어 있다고 생각했는데 그게 아니었군."

롤킨은 이곳에 레이가 없는 이유를 알겠다는 듯 웃음을 보였다.

"망할 레이라면 잘 가둬두고 있습니다."

"힘들게 한국까지 왔기에 자신을 도와줄 사람을 찾아온 거라 생각했는데."

"도움을 청하는 태도가 총질은 아니죠."

고주봉의 말에 롤킨은 예상치 못했다는 듯 고개를 갸웃거렸다.

"이런, 친구를 만나러 온 게 아니라 복수를 하러 왔었나 보군."

"덕분에 여럿 죽을 뻔했습니다. 이곳저곳 부서지기도 했고."

"그랬군."

“그런데 혹까지 달고 왔더군요.”

고주봉은 이미 막대한 피해를 입은 상태라는 듯 불만 가득
한 목소리가 됐다.

“내가 어떻게 해주면 되겠나?”

“내가 어떻게 해주면 되겠습니까?”

롤킨은 자신의 말을 그대로 따라하는 고주봉을 바라봤고
고주봉 역시 질 생각이 없다는 듯 롤킨을 바라봤다. 두 사람
사이에 작은 불꽃이 튀어 올랐다.

그때 두 사람 사이에 아기자기한 커피 잔 하나가 끼어들었
다. 미스 황이다.

“맛은 보장 못합니다.”

“향은 충분히 좋군.”

롤킨은 잠시 시선을 내려 커피를 바라보더니 잔을 들어 가
볍게 음미했다.

“훌륭하군.”

롤킨은 아주 흡족하다는 듯 미스 황을 바라봤다.

“다행이군요.”

“탐나는 인재군.”

롤킨은 미스 황을 바라보며 대놓고 스카우트를 제의했다.

“그것 참. 요즘 미스 황이 인기가 좋네. 보는 사람마다 스
카우트 제의라니.”

"빼앗기기 싫으면 연봉이나 많이 올려줘요."

미스 황은 이제야 알았냐는 듯 한마디 던지더니 고주봉 뒤에 자리를 잡았다. 롤킨의 제의를 거부한다는 표현이다.

"여긴 어딘가? 처음엔 국정원 소속인가 싶었는데 그건 아닌 것 같고."

"한국에선 흥신소라고 부릅니다만."

통역 요원은 잠시 고민하더니 탐정이라는 말로 번역했다.

"흠."

국가기관이 아니라 개인이 운영하는 곳이라는 말에 롤킨은 잠시 입을 다물었다. 하지만 고주봉은 대화를 길게 끌 생각이 없었다.

"내가 어떻게 해주면 되겠습니까?"

"레이를 내주게."

"미안합니다."

고주봉은 고개를 저었다.

"내가 어떻게 해주면 되겠나?"

"피해보상 하시고 조용히 돌아가시죠."

"미안하군."

롤킨 역시 불가능하다며 고개를 저었다.

"결렬이군요."

고주봉은 아쉬울 게 없다는 표정이다.

“내가 누구인지 아는가?”

“이름은 롤킨. 소속은 중앙정보국이라고 알고 있습니다.”

“그런데도 말인가?”

롤킨은 개인이 국가기관과 싸워 이길 수 없지 않느냐며 고주봉을 바라봤다.

“운 좋게도 여긴 한국입니다. 거기다 더 운이 좋아서 한국의 공권력을 대표하는 인사들도 이곳에 동석 중이죠.”

롤킨은 자신들이 안내원으로 지칭한 검사와 형사가 이중에 있음을 깨달았다.

“운이 언제나 좋은 건 아니지.”

롤킨은 느긋한 자세로 커피를 들이켰다. 자신도 아쉬울 게 없다는 뜻이다.

“받으시죠.”

고주봉은 롤킨 앞에 메모리 카드를 내려놨다.

“내가 찾는 물건인가?”

“내용은 모릅니다. 레이가 가지고 있었다는 것만 정확한 팩트입니다.”

롤킨은 손에 들린 메모리 카드를 말없이 바라보았다.

“부족하십니까?”

“부족하지.”

롤킨은 무슨 수를 쓰더라도 레이를 데려가겠다는 의지를

보였다.

"친구가 되어드리죠."

"응?"

고주봉의 말이 예상 밖이었는지 롤킨의 표정에 변화가 일었다.

"CIA. 아니, 정확히 표현하겠습니다. 저는 롤킨 부국장님과 적이 되고 싶은 생각이 없습니다."

'나를 알고 있어?'

롤킨은 눈앞에 사내가 궁금해졌다.

'개인이 운영하는 곳치곤 설명하기 어려운 곳이긴 하지만……'

마치 처음 본 생물이 하늘에서 뚝 떨어져 자신을 바라보는 것 같은 느낌. 기묘했다.

"친구라……"

"레이가 말썽쟁이긴 하지만 그래도 과거에 알음이 있습니다. 매정히 내친다면 친구로서 자격이 없겠죠."

고주봉은 자신이 말한 친구의 의미가 어떤 것인지 롤킨에게 설명했다.

"하하하하."

롤킨은 고주봉의 말에 큰 소리로 웃어버렸다.

"데려가 봐야 골치만 아플 겁니다."

"골치가 아프긴 하지."

롤킨은 인정한다는 듯 고개를 끄덕였다. 레이가 빼돌린 비자금 때문에 벼르는 이가 한둘이 아니다. 데리고 들어가면 다양한 압력이 들어올 것이다. 하지만 그들에게 레이를 내줄 생각이 없는 롤킨이다.

"잘 데리고 있을 테니 언제든 연락하시죠. 봉 센터는 친구를 소홀이 하지 않습니다."

롤킨은 고주봉과 미스 황을 번갈아 보다가 다시 입을 열었다.

"히든카드로 쓰겠다면 어찌할 텐가?"

"신뢰를 바탕으로 한다면 충분히 효과적이라고 말씀드리고 싶군요."

롤킨은 한참 동안 고주봉을 바라봤다. 하지만 시선은 고주봉에게 머물고 있어도 눈은 생각에 잠긴 모습. 그렇게 10여 분을 보낸 롤킨이 차분한 음성으로 입을 열었다.

"롤킨 블로어네."

"존 스미스입니다."

롤킨이 자신의 풀네임을 이야기하자 고주봉 역시 다시 자신을 소개하며 명함 한 장을 내밀었다.

일련번호 하나만 덩그러니 적혀 있는 특이한 명함.

"사서함이군."

"자랑이라고 하긴 그렇지만 그 명함 제 손을 벗어난 적이 손에 꼽습니다."

"신뢰는 쌓아가도록 하지."

"히든카드가 될 테니까요."

롤킨은 남아 있는 커피를 비우더니 자리에서 일어났다.

"미스?"

"황. 황미나입니다."

"미스 황. 다음에도 맛있는 커피 부탁하지. 그만 나가는 길 좀 알려주겠나?"

"물론입니다."

롤킨은 한바탕 재미있게 놀았다는 듯 유쾌한 웃음을 보이더니 미스 황을 따라 밖으로 사라졌다.

밖으로 나온 롤킨은 다시 한 번 웃음을 터뜨렸다. 들어갈 땐 현관으로 갔지만 나올 땐 뒤뜰 화장실이라니. 자신이 겪은 일을 다른 이에게 이야기하면 어떤 반응을 보일까? 아니, 이야기할 이유가 없었다.

'좋은 친구는 나눠서 사귀는 게 아니지.'

롤킨은 자신을 따라 들어왔던 통역 요원에서 안에서 있었던 일에 대해서 입을 다물 것을 명령했다. 통역을 맡은 요원은 회사의 평사원이나 마찬가지. 부회장이 지시를 하는데 어길 이유가 없다. 오히려 이 기회를 잘 잡는다면 튼튼한 라인을 타게 되는 것이니 오히려 득이 될 것이다.

CS탄과 함께 모습을 감췄던 요원들은 이미 밖에 나와 있었다. 그들은 여전히 얼떨떨한 표정이다. 차폐막이 움직임과 동시에 자신들 위치가 뒤죽박죽이 되고 텅 빈 콘크리트 공간에 갇혀 있다 풀려난 것이 이번 사건의 전부다. 사실 창피해서 떠들고 싶은 마음도 들지 않았다.

로버트는 안에서 어떤 일이 있었는지 알고 싶은 눈치였지만 롤킨이 이번 작전에 침묵을 요구하자 입을 다물 수밖에 없었다. 어차피 비인가 작전이었기 때문에 발설할 수도 없는 일이었다. 그가 부국장을 믿고 따르는 것은 단 한 가지. 국장이나 여타 부서의 장들과 달리 그가 진짜 애국자임을 알고 있기 때문이다. 로버트는 부국장이 조직 전체를 일신하려 한다는 것을 알고 있었고 그것이 실패로 돌아간다 할지라도 물러설 생각이 없었다.

"로버트."

"네."

"한국에 있는 요원 중에 자네 비선이 있나?"

"두 사람이 있습니다."

"다행이군. 우리가 이번에 다녀온 곳 이름이 봉 센터라고 하더군."

“봉 센터요?”

“일종의 탐정 같은 거라더군.”

“네.”

“그곳에 대해서 조사를 좀 해줘야겠어.”

“지시해 놓겠습니다.”

“아, 봉 센터에 거슬리는 행동은 금물이네.”

로버트는 롤킨의 지시에 궁금한 점이 많았지만 순순히 고개를 끄덕였다.

“알겠습니다. 그런데 관계를 어떻게 정의하면 되겠습니까?”

적인지 아군인지 알려 달라는 뜻이다.

“친구네.”

로버트는 롤킨의 입에서 친구라는 말이 흘러나오자 잠시 놀라는 표정을 지었다.

“친구입니까?”

“친구지.”

롤킨은 한국을 떠나기 전 가볍게 인사라도 할 겸 고주봉이 건네준 사서함을 통해 연락을 취했었다. 존 스미스는 반가운 목소리로 이렇게 대답했다.

─하이, 버디. 마이 프랜!

*　　　*　　　*

　오랜 친구이니 도와달라는 말보다 확실한 담보를 대상으로 은행을 찾아가라. 그것조차 할 수 없다면 오래 두고 사귄 친구는 이미 친구가 아니다. 아는 사람일 뿐.

CHAPTER 05
의뢰를 받겠습니다

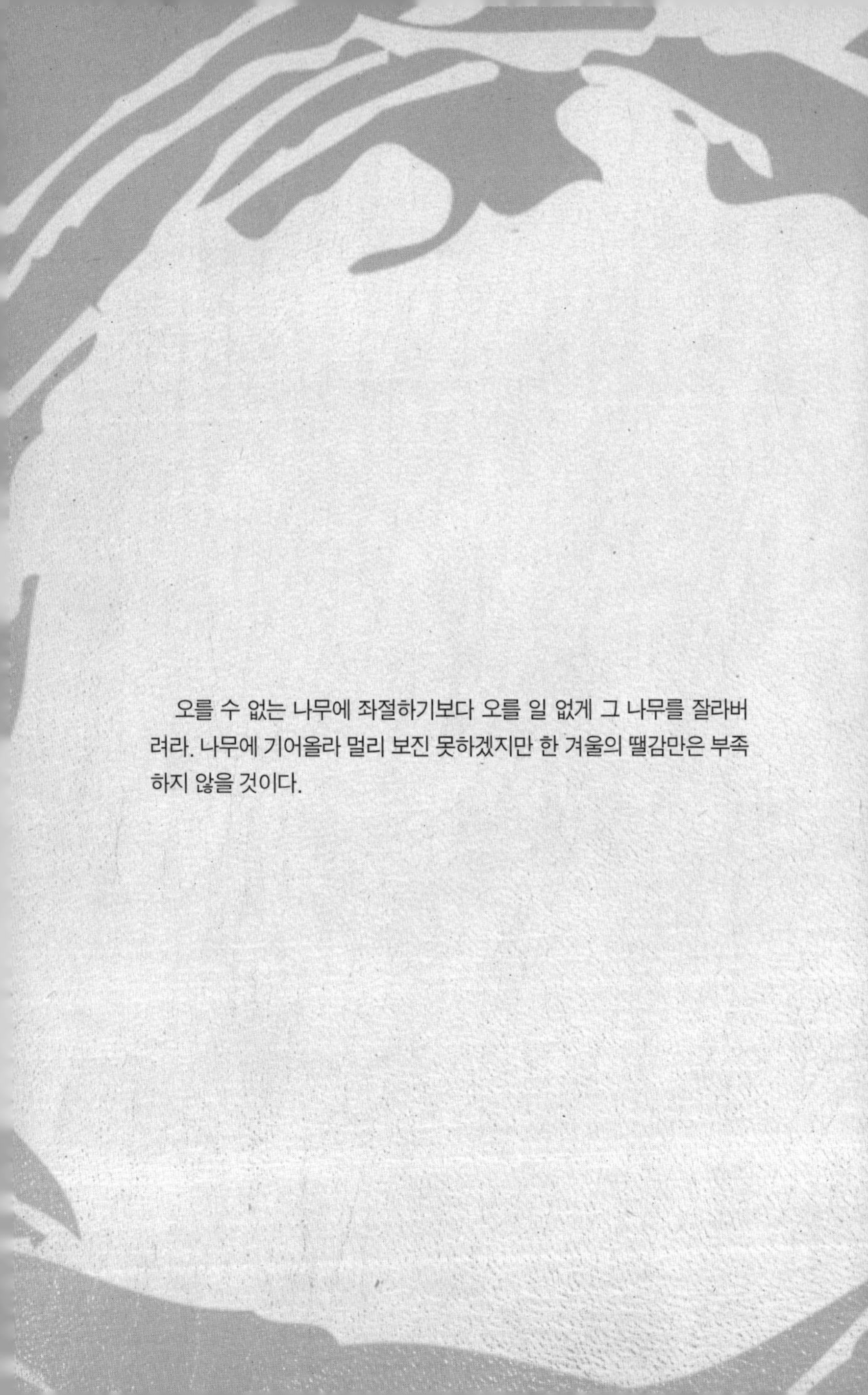

오를 수 없는 나무에 좌절하기보다 오를 일 없게 그 나무를 잘라버려라. 나무에 기어올라 멀리 보진 못하겠지만 한 겨울의 땔감만은 부족하지 않을 것이다.

퍼슈어
PURSUER

한바탕 소란이 인 것 같았다. 그런데 그게 마치 꿈을 꾼 것 같다고 하면 정확한 표현일까. 나 김하림은 고주봉이란 인간에 대해 한 번쯤 다시 생각해 보기로 했다. 솔직히 개인적인 부분에 대해선 아무것도 알 수 없었지만 그가 확실히 능력이 있다는 점은 인정하기로 했다.

대한민국 검사를 귀찮은 파리 취급할 때만 해도 기회만 된다면 가만두지 않겠다고 생각했다. 하지만 이번 사건을 계기로 그런 마음은 완전히 지워 버릴 생각이다. 세상에 법원, 검찰청 코앞에서 총기가 활약하고 미 중앙정보국이라는 CIA가 판을 쳤다. 그런데

도 세상은 무슨 일이 있었냐는 듯 조용하기만 했다.

자신이 아무리 검사라곤 하지만 CIA와 맞짱을 뜨거나 알지도 못하는 비밀실험들에 대해서 줄줄이 늘어놓고 여전히 구조를 알 수 없는 아지트를 가질 수는 없었다.

'나와는 사는 세계가 다른 사람이다.'

나는 가장 납득하기 어려운 점을 그렇게 인정해 버리니 마음이 편해졌다. 종종 영화 속에 등장하는 늑대인간과 뱀파이어의 세상처럼 고주봉과 그 주위 사람들은 언더월드에 살고 있다고 생각해 버린 것이다.

고주봉은 롤킨이 돌아가자 대화를 들었던 자신들에게 부탁을 했다.

"당신들이 와 있는 이곳 봉 센터가 얼마나 재미난 곳인지 충분히 느꼈을 거라 생각합니다."

재미? 이걸 재미있다고 이야기하는 고주봉이 웃겨 보였지만 아무도 웃는 사람은 없었다.

"사람이 친해지려면 이런저런 추억들을 쌓아가는 게 좋다고 하는데."

보통은 이런 식으로 추억을 쌓지는 않는다.

"악연이 아닌 좋은 인연이 될 수 있도록 노력해 주시길 바라겠습니다."

솔직히 다른 곳에 가서 이런 이야기를 한다면 미쳤다거나 꿈을 잘못 꿨냐는 소리나 듣게 될 것이다.

나는 악연이 아닌 좋은 인연을 만들어가기 위해 노력하기로 했다.

＊　　　＊　　　＊

레이 사건이 마무리된 지 일주일이 지났다. 하지만 레이는 여전히 갇혀 있었고 고주봉은 그를 풀어줄 마음이 없어 보였다. 마치 레이가 이곳에 있다는 것을 망각한 사람처럼 평소와 다를 바 없이 자신의 일에 집중하고 있을 때 이젠 익숙한 얼굴이 되어버린 김하림이 검사가 찾아왔다.

"너무 자주 오는 것 아니야?"

첫 만남의 까칠한 태도는 더 이상 찾아볼 수 없지만 여전히 어렵게 느껴지는 고주봉이다. 김하림은 예전과 달리 정중한 태도를 보이며 자신이 찾아온 용무를 이야기했다. 말투 때문에 마찰이 있긴 했지만 자신보다 나이 어린 사람에게 존대하지 않는다니 인정하기로 했다. 어차피 자신이 고집을 피운다해도 들어줄 사람도 아니고 말이다.

"센터장님. 도와주세요."

"아직도 그 이야긴가?"

고주봉은 지치지도 않느냐는 듯 고개를 내저었다.

"또 죽었어요."

"흠. 뉴스는 나도 봤지만……."

고주봉은 난감한 표정을 짓고 있을 때 신 영감이 들어왔다.

"김 검사 왔군."

"네. 어르신."

김하림은 신 영감에 대한 호칭을 어르신으로 확정 지은 모양이다. 신 영감은 어르신이란 호칭이 마음이 드는지 고개를 끄덕이더니 고주봉을 바라봤다.

"도와주지."

"영감님. 가서 일이나 하시죠."

"어허, 이 사람. 장난은 그만하면 됐잖아. 미스 황 이야기 들어보니 나름대로 조사도 해놓은 것 같던데."

김하림은 고주봉이 자신의 사건에 대해 조사하고 있다는 말에 반가운 표정을 지었다.

"부탁드려요. 제가 아닌 피해자들을 위해서, 더 이상 살인마에게 죽임을 당하는 사람이 없도록 제발."

고주봉은 김하림의 얼굴을 물끄러미 바라봤다. 눈 밑에 다크서클이 가득한 게 한동안 잠도 자지 못한 것 같았다.

"정식 의뢰라면……."

"네! 정식으로 의뢰하겠습니다!"

고주봉 입에서 반쯤 허락이 떨어지자 김하림은 망설임없이 대답을 했다.

“쩝. 미스 황 체면을 봐서 받는 거야. 나중에 인사나 해.”

“미스 황, 아니, 황 선배님이요?”

김하림은 의외라는 눈빛이다. 사실 고주봉과 신 영감에겐 자세를 바꾸었지만 미스 황에겐 여전히 까칠하게 대하고 있었다. 여자들만이 느끼는 연적에 대한 경계심 때문이다.

“전직이긴 하지만, 자신도 검사 출신이다 보니 신경이 쓰이는 모양이더라고.”

“아…….”

“뭐, 그 이야기는 나중에 하고 일단 가져온 것 좀 보여줘. 그래도 사건을 담당했던 검사니 이쪽보단 자료가 많을 것 같으니.”

“물론이죠.”

김하림은 호주머니에서 USB를 꺼내 고주봉에게 건넸다.

“세상 좋아졌어. 예전엔 서류를 뭉텅이로 들고 다녔는데.”

고주봉은 검사들의 서류 보자기를 떠올리며 피식 웃었다.

“지금도 안에선 똑같아요. 밖으로 들고 나오기가 그래서…….”

“일단 오늘은 돌아가. 살펴보고 연락줄 테니.”

“네. 기다릴게요.”

인사를 하고 나가려던 김하림은 그제야 자신 말고도 다른 사람이 방 안에 앉아 있음을 인지했다. 선글라스에 창이 넓은 모자를 쓴 여자였다.

'어두운 방 안에서 선글라스라……'

김하림은 호기심이 생겨났다.

"먼저 오신 분이 계셨네요?"

김하림은 누구냐는 듯 고주봉을 바라봤다.

"알아서 뭐하게. 그만 가봐."

김하림은 고주봉의 축객령에도 힐끔거리며 먼저 온 사람을 살펴봤다. 다른 곳이라면 누가 있든 말든 신경 쓰지 않겠지만 이곳 봉 센터에 직접적으로 찾아오는 사람들은 누구 하나 만만한 사람이 없었다. 다시 말해 알아둬서 나쁠 게 없다는 뜻이다.

"안 가?"

고주봉은 힐끔거리는 김하림에게 다시 축객령을 내렸지만 은근히 버티며 상대의 정체를 알아내려 했다.

'분위기 있어 보이는데……'

얼굴을 가리고 있어 자세히 보긴 어려웠지만 어딘지 익숙한 느낌을 받았다.

'내가 아는 사람인가?'

어디서 본 듯한 느낌이 들자 김하림은 아예 자리를 잡고 앉았다.

"어르신. 온 김에 커피 한 잔 하고 가도 되죠?"

고주봉이야 말해봤자 씨알도 먹히지 않을 것이니 신 영감을 잡고 늘어졌다.

"나도 같이 한잔할까나?"

신 영감도 바로 나갈 생각이 없는지 슬그머니 자리를 잡고 앉았다. 고주봉은 두 사람의 태도에 얼굴을 찡그렸지만 둘 다 고집불통임을 잘 알고 있기에 아예 신경을 꺼버렸다.

두 사람은 커피 핑계를 대며 자리에 앉았지만 목적은 눈앞의 정체불명의 여인이었다. 김하림도 그렇지만 신 영감도 상대의 정체가 꽤나 궁금한 모양이었다.

―어르신도 모르세요?

김하림은 신 영감을 향해 입모양을 만들었다.

―그러게.

신 영감은 센터에 드나드는 사람 중에 자신이 모르는 사람이 있다는 것이 신기하다는 표정이다.

―김 검사가 말 좀 걸어봐.

신 영감은 김하림에게 눈짓을 했다.

―그럴까요?

신 영감의 요청에 고개를 끄덕인 김하림이 인사를 건넸다.

"안녕하세요."

여인은 김하림의 인사에 잠시 동작을 멈추더니 찻잔을 내려놨다.

"차 잘 마셨어요. 그만 가볼게요."

여인은 자리에서 일어나더니 김하림과 신 영감에게 가볍게 인사를 하고선 밖으로 나가 버렸다.

김하림은 여인이 나가 버리자 신 영감에게 '우리 때문에 나간 건가요?' 하는 표정을 지었다.

"그것참. 어디서 본 듯한데. 누군지 모르겠네."

"그렇죠? 저도 어디서 본 것 같은데."

두 사람은 약속이나 한 듯 고주봉 쪽으로 시선을 돌렸다.

"누구냐?"

"누구죠?"

김하림이 건넨 자료를 확인하고 있던 고주봉은 그렇게 할 일들이 없냐는 듯 고개를 젓더니 다시 자료에 집중했다.

고주봉이 여인의 정체에 대해 함구하자 두 사람은 궁금증이 더 커졌다. 특히 신 영감은 그 정도가 심했는데 고주봉이 개인적으로 여자와 알고 지내는 것을 한 번도 보지 못했기 때문이다.

"말 안 할 거야! 누구냐고? 김 검사는 몰라도 나는 알아야 할 것 아냐?"

"쯧. 정신 사납게 할 겁니까?"

"아, 그러니까 말을 하면 되잖아."

두 사람의 질문에 답을 한 사람은 찻잔을 가지러 들어온 미스 황이었다.

"한서연 씨, 오늘도 그냥 차만 마시고 가네요."

"누구?"

"누구요?"

두 사람은 미스 황에게 아는 사람이냐고 물었다.

"한서연 모릅니까?"

"설마 그 한서연?"

"진짜 한서연이요?"

두 사람은 말도 안 된다는 듯 손을 내저었다. 그 사람이 미쳤다고 이 험악한 공간에 와서 차를 마시고 간단 말인가.

미스 황은 찻잔을 챙기더니 다시 나가 버렸다. 미스 황이 헛소리하는 성격이 아님을 알고 있는 두 사람은 믿을 수 없다는 듯 고주봉을 바라봤다.

"네놈이 어떻게 여신을 알고 있는 것이냐!"

신 영감은 자리에서 벌떡 일어나더니 고주봉에게 달려들었다.

"영감탱이가 미쳤나! 일 하는 거 안 보여요?"

고주봉은 주먹까지 쥐고 부르르 떠는 신 영감 태도에 신경질적으로 소리를 질렀다.

"센터장."

신 영감은 언제 흥분했냐는 듯 부드러운 목소리로 고주봉을 불렀다.

"언제 또 오시나?"

"내가 그걸 어떻게 압니까?"

"이거 왜 이러시나. 센터장 손님이지 않은가."

"손님은 무슨. 잊을 만하면 나타나서 공짜 차만 마시고 가는 여자를."

"무슨 망발을! 와주시는 것만으로도 영광인 것을!"

고주봉은 귀찮다는 듯 손을 내저어 신 영감을 쫓아냈다.

"그렇게 좋으면 앞으로 영감님이 상대해요."

"껄껄껄. 그럴까? 역시 그러는 게 좋겠지?"

신 영감은 뭐가 그리 좋은지 연신 웃음을 흘렸다. 김하림은 자신도 모르게 '헐' 하는 소리가 흘러 나왔다.

아시아의 여신. 만인의 연인. 은막의 여왕 등. 다양한 수식어를 지니고 있는 여인이 바로 한서연이었다. 그런데 그 천하의 한서연이 고주봉에겐 공짜 차나 축내는 망할 여자 취급을 받고 있었다.

"확실히 여긴 현실감이 결여되어 있어⋯⋯."

김하림이 얼떨떨한 얼굴로 감상평을 내놓고 있을 때 고주봉의 스피커의 폰이 삑 소리를 냈다.

─센터장님. 김예린 씨가 찾아왔습니다.

"없다고 해."

—다 들리거든요. 언니 왔다고 하던데 들여보내 주세요.

고주봉의 말에 듣기 좋은 목소리가 방 안에 울려 퍼졌다.

“미스 황. 갔다고 말 안 했어?”

—말했습니다.

“그런데 왜 저러는데?”

—온 김에 차 한 잔 하고 싶답니다.

“일 좀 하자! 그러건 미스 황 선에서 정리 좀 하라고.”

—네. 알겠습니다.

미스 황은 고주봉이 신경질을 내도 무덤덤한 톤으로 대화를 마무리했다.

“김예린이 그 김예린은 아니겠지?”

신 영감은 이번에도 설마 하는 표정이 되었다.

“그 김예린이 누군데요?”

고주봉은 질문의 요지가 뭐냐는 듯 신 영감을 바라봤다. 그때 방문이 열리며 김예린이 찻잔을 들고 모습을 나타냈다.

“진짜 김예린이잖아!”

신 영감의 외침에 고주봉이 한마디 했다.

“영양가 없는 손님입니다. 한서연과 마찬가지고 공짜 차 좋아하는 불청객이죠.”

고주봉은 더 이상 여기선 일을 못하겠다는 듯 USB를 뽑더니 신 영감의 방으로 들어가 버렸다.

"칫!"

고주봉이 안으로 들어가 버리자 막 자리에 앉던 김예린이 코끝을 찡그렸다. 불청객이라곤 하지만 너무했다는 표정이다. 하지만 그렇다고 딱히 화가 난 기색은 없어 보였다.

"어서 오시게. 나는 신지원이라고 하네."

신 영감은 고주봉이 나가 버리자 오히려 잘됐다는 듯 김예린 앞에 자리를 잡았다.

"아! 그럼 할아버지가?"

"허허허. 그래. 날 알고 있는 건가?

"오타쿠 변태 영감님?"

"큭! 누… 누가 그런 말도 안 되는 소리를."

"미스 황 언니가 그러던데……."

신 영감은 당혹스런 눈빛으로 김하림을 바라봤다. 지원사격 좀 해 달라는 표정이다.

"계속 현실감이 없어. 왜 여기만 오면 이러는 걸까."

김하림은 한서연에 이어 미스코리아 출신의 재원 김예린 아나운서가 눈앞에 앉아 있자 그나마 남아 있던 현실감마저 저 너머로 사라져 버렸다. 며칠 전만 해도 총칼이 난무하던 장소가 봉 센터였다. 아무리 생각해도 두 여인과 이곳 봉 센터는 전혀 어울릴 구석이 없어 보였다.

＊　　＊　　＊

레이는 점점 시간 개념이 사라지기 시작했다. 시계도 없는데다 햇볕이 들지 않는 공간이니 날이 어떻게 지났는지 알 수 없었다. 단지 때가 되면 밥을 주기는 하는데, 이게 제대로 된 밥 때인지 확신할 수가 없었다. 어딘지 모르게 들쭉날쭉했기 때문이다.

"이젠 식사량도 점점 줄어들고 있네."

레이는 미스 황이 가져다 준 식판을 내려다보며 한숨을 내쉬었다. 아무리 사고를 쳤다곤 하지만 완전히 죄수 취급이다.

"일단 위험한 상태는 아니니."

쿠션감이 엉망인 매트리스 하나와 변기, 그리고 세면대가 전부인 공간. 딱 봐도 감금용으로 만들어진 방이다.

"젠장. 하지만 뭐가 어떻게 돌아가는 건지 정도는 이야기해 줘야 하는 거 아닌가?"

레인은 갇혀 있는 답답함보다 CIA와 어떻게 일을 마무리했는지 그게 더 궁금했다. 미스 황은 무슨 말을 해도 묵묵부답이고 조금이라도 귀찮게 하는 기색이 보이면 그나마 가져다 준 식판마저 빼앗아갔다.

"인권유린이라고!"

레인은 씩씩대면서도 허기는 면해야겠다는 듯 연신 포크

를 움직였다. 하지만 양이 적다 보니 금세 바닥을 드러내는 식판이다.

"밥이라도 충분히 주든지."

움직임이 적은 공간에서 체력을 유지하려면 적절한 식사량과 웨이트를 병행해야 했다. 조금만 게을러져도 가장 먼저 사라지는 게 근력이기 때문이다. 언제 이곳을 나갈 수 있을진 모르지만 비쩍 마른 몸으로 자유를 만끽하고 싶은 생각은 추호도 없었다.

"이놈의 두통도 사라질 기미를 보이지 않고."

레이는 미스 황에게 계속해서 두통약을 요구하고 있지만 그녀는 들은 척도 하지 않았다. 머리를 쥐어짜는 고통이 주기적으로 계속되고 있었다. 어지간하면 익숙해질 일이지만 사실 고통이란 게 쉽게 친해질 대상은 아니지 않은가.

"안 되겠어. 다음번엔 거울이라도 달라고 해야지."

만에 하나 잘못되면 아예 바보가 되어버릴 수가 있기 때문에 최면이 자연스럽게 풀리길 기다렸지만 어떤 암시가 걸렸는지 도무지 나아질 기미가 보이질 않았다. 이대로 계속 고통에 시달리느니 일단 조심스럽게라도 암시를 풀어볼 생각이었다.

"조심은 하겠지만 자칫하면 진짜 훅 갈 수도 있는데."

레이는 걱정 반 기대 반으로 다음 식사를 기다리며 매트리스에 몸을 뉘었다.

＊　　＊　　＊

　불청객 때문에 신 영감의 방에서 자료를 살피고 있던 고주봉은 미스 황의 부름에 고개를 들었다.
　"또 무슨 일 생겼어?"
　"레이 말입니다."
　"레이? 그 자식은 왜?"
　"거울을 달라고 하는군요."
　"드디어 결심이 선 모양이군."
　"괜찮겠습니까?"
　미스 황은 왠지 꺼림칙하다는 반응이다.
　"자가 최면이면 풀릴 가능성이 높겠지만 그게 아니라면 더 강한 암시가 걸리거나 부작용이 생겨나겠지."
　"센터장님 생각은 어떠세요?"
　"자가 최면일지 아니면 다른 누군가에게 이용당하고 있을지?"
　"네."
　"단정할 수는 없지만… 자가 최면이길 바라자고. 만에 하나 내가 모르는 누군가가 목적을 가지고 레이를 이용한 거라면."

"제거입니까?"

"돌이킬 수 없는 지경이라면… 어쩔 수 없겠지."

고주봉은 잠시 망설이는가 싶더니 결론을 내렸다.

"별일 없기를 바라야겠군요."

"그래야지. 생각보다 능력이 출중한 녀석이거든. 조건만 잘 맞으면 미스 황 보조로 채용할 수도 있으니까."

보조로 채용한다는 말에 미스 황이 작게 웃음을 터뜨렸다.

"그래도 싫지는 않은가 보네."

"사실 다른 일은 재미있는데 차(茶) 타는 일은 좀 귀찮았거든요."

"미안해. 미스 황에게 그런 일이나 시키려고 한 건 아닌데."

"미안하긴요. 내가 원해서 온 거니 귀찮긴 하지만 불만은 없어요."

"팔은 좀 어때?"

미스 황은 양팔을 돌려 보이며 거뜬하다는 표정을 지었다.

"전과 같은 버전이에요. 아직 새로운 버전은 연구가 더 필요하다고 하더군요."

"바이오테크놀로지 분야가 그렇게 만만하겠어? 그래도 우린 운이 좋은 거지. 세계 최고의 엔지니어가 도와주고 있으니까."

"네. 닥터 햄튼에겐 언제나 고마워하고 있어요. 센터장님에게도."

"내가 무슨."

고주봉은 쓸데없는 소리 말라는 듯 손을 저었다.

"돈 많이 벌어서 꼭 갚을게요."

"그런 부담가지라고 팔 붙여준 거 아니야. 그냥 써. 얼마나 한다고."

미스 황은 고주봉의 말에 고마움 가득한 미소를 지어 보였다. 얼마나 한다고 그러지 말라고 하지만 자신의 팔은 현대 메커니즘의 집합체나 마찬가지였다. 닥터 햄튼과 고주봉이 쉽게 말을 하지 않고 있지만 자신이 조사해 본 바에 따르면 팔 하나에 들어간 재료비가 최소한 15만 달러는 거뜬히 넘을 걸로 확인됐다. 양쪽 팔을 모두 합치면 한화 3억이 넘는 금액이다. 연구비용은 제외한 순수 재료비만 그 정도니 가치를 따진다면 천문학적인 금액이 될 것이다. 거기다 유지비용을 포함하면 자신의 능력으로는 도저히 감당할 수 없는 팔이었다.

"한서연 씨나 김예린 씨는 어떻게 인연을 맺은 거죠?"

"응? 아. 그거."

"네. 그거요. 말하면 안 되는 일인가요?"

"아니. 김예린 집이 이 근처인 것은 알고 있지?"

"네. 그렇다고 하더군요."

"스토커 하나가 따라다니다 납치를 시도했어."

"우연히 지나가던 센터장님이 구해줬구요?"

"쩝."

고주봉은 대충 그런 사연이라며 고개를 끄덕였다.

"한서연 씨는요? 그 사람은 집도 이쪽이 아닌 것 같던데."

"김예린이 한 번만 도와 달라고 쫓아다녀서."

"별일이네요. 외부 일엔 전혀 관심도 없는 줄 알았는데."

"그게 아니라. 매번 입구에서 귀찮게 하는데 미치겠더라고."

"정말 그게 전부인가요?"

미스 황은 뭔가 더 있는 것 같다는 생각이 들었는지 다시 캐물었다.

"별것도 아닌데 계속 물어보네. 미스 황 혹시 여자 쪽에 관심 있어?"

"……."

미스 황은 멀뚱히 자신을 바라보는 고주봉의 시선에 미간을 찡그렸다.

"나가보죠. 일 보세요."

"그래."

고주봉은 미스 황의 태도가 어딘지 쌀쌀맞다는 생각이 들었지만 평소에도 워낙 냉기가 흐르는 사람이라 그러려니 해

버렸다.

　"뭐 딱히 그게 아니더라도 여자 쪽에 신경 쓸 겨를도 없고 말이지."

　고주봉은 피식 웃어버리더니 다시 자료에 집중했다. 끝까지 무시했으면 모를까 도와주는 것도 아니고 정식 의뢰로 받은 상태니 제대로 일을 해야 했다.

＊　　　＊　　　＊

　권 검사의 요청은 의외로 쉽게 받아들여졌다. CIA나 마피아에 대한 이야기는 꺼내지 못했지만—자신이 아무리 검사라 해도 그쪽 사람들에게 타깃이 되고 싶은 생각은 없었다. 봉 센터의 위험성이나 구조에 대해 설득력 있게 보고를 올렸기 때문이다.

　국정원이 어느 정도 능력을 발휘할지는 알 수 없지만 최소한 지금처럼 수박 겉핥기식으로 일이 진행되지는 않을 것이다. 현재 자신이 잡고 있는 라인의 바로 윗선이 살짝 불쾌한 반응을 보이긴 했다. 하지만 차후 정보를 다루는 조직이 신설되면 그곳의 실권자가 자신이 될 것을 알고 있기에 적당히 눈을 감아주는 분위기였다.

　"이번 기회에 확실히 해두는 것도 나쁘지 않겠지."

권 검사는 그동안 후배 검사들과 친목을 핑계로 운영 중이
던 자신의 라인을 본격적으로 부각시키기로 마음먹었다. 더
이상 무능한 윗선만 바라보고 있다간 결정적인 순간에 팽 당
할 수도 있다는 생각이 든 것이다.

"일은 어설픈 인간들이 먹을 것 앞에선 누구보다도 영리하
게 행동하지."

사냥개처럼 부려지다가 솥에 들어갈 생각은 추호도 없었
다.

"알고도 당하는 것은 무력하기 때문이지. 그것은 아버지
한 명으로 충분해."

권 검사는 책상 서랍에서 작은 액자 하나를 꺼내 들었다.
과거 권력다툼에 말려들어 결국 자살로 삶을 마무리했던 자
신의 아버지 권정수가 무뚝뚝한 얼굴로 자신을 바라봤다.

"아버지. 기대하셔도 좋습니다."

권 검사는 한동안 액자를 쓰다듬다가 다시 서랍 속에 조용
히 집어넣었다.

＊　　　＊　　　＊

오랜만에 봉 센터에 회의가 열렸다. 김하림 검사가 요청한
일에 본격적으로 나설 준비가 된 것이다.

"김 검사가 가져온 자료를 보니 생각보다 심각하더군요,"

고주봉의 말에 신 영감이 고개를 끄덕였다.

"말했잖아. 완전히 미친놈이라고. 그냥 죽이는 게 아니라 해부학 교보재처럼 만들어놓는다고. 마치 자신의 실력을 자랑이라도 하듯이 말이야."

신 영감은 인간으로 볼 수 없는 놈이라고 했다.

"치밀한 자입니다. 수법은 잔인하고 대범한 반면 범행은 철저히 계획하에 이뤄지고 있습니다."

미스 황 역시 전직 검사 출신이다. 오랜만에 옛 기분이 나는지 적극적으로 회의에 임했다.

"검찰은 단독범이라 생각하는 것 같지만 내 생각은 달라."

고주봉의 말에 신 영감이 질문을 했다.

"그렇게 생각하는 이유라도 있나?"

"시체 처리 과정 때문입니다."

"그게 왜?"

"해부된 인체가 발견된 것 말입니다. 정리 정돈이 깔끔합니다. 그렇게 배열을 하려면 아무리 부지런을 떨어도 한 시간을 소요가 될 겁니다."

"그렇다고 봐야지."

"산속에 유기를 했으면 모를까. 버젓이 사람들이 오가는 장소에 이런 짓을 하려면 주변 상황을 잘 알고 있는 이가 도움을 줘야 가능하지 않겠습니까?"

"망을 봐주는 놈이라도 있다는 말인가?"

"제 생각엔 그렇습니다."

고주봉과 신 영감의 대화를 듣고 있던 미스 황이 의견을 덧붙였다.

"확실히 해부된 신체를 급하게 늘어놓은 흔적은 아니죠. 다급히 처리를 했다면 아무리 꼼꼼하다 해도 실수가 벌어질 수 있으니까요."

"검찰에서는 살인자를 한 명으로 보고 있지만 우리는 최소한 둘 이상이라고 생각하고 조사를 하도록 하지."

"그렇다면 인체를 이렇게 해부할 정도로 지식을 갖춘 그룹이라면 뻔하지 않나요?"

"의료계 종사자지."

미스 황은 검찰의 자료를 살펴보더니 다시 말을 이었다.

"검찰은 범인이 개인적으로 해부실을 가지고 있다고 생각하는군요."

"내 생각은 달라. 범인의 행동 패턴을 보면 아예 겁이 없다고 할 정도로 대범하게 움직이고 있어. 숨어서 혼자 킬킬거릴 자는 아니라는 거지."

"그럼 병원 같은데서 아예 대놓고 일을 벌인다는 말인가?"

신 영감의 말에 고주봉이 고개를 끄덕였다.

“누가 봐도 이상하지 않은 곳. 범인이 눈앞에서 해부에 몰두해도 그게 당연하게 느껴지는 곳.”

“대학 해부실이나 병원의 연구실 쪽이군요. 수술실은 스케줄이 언제나 차 있을 테니.”

“깔끔하게 뒤처리가 가능한 곳이라면 일단 그 정도지.”

미스 황의 말에 고주봉이 고개를 끄덕였다.

“생각보다 진행비가 많이 들겠는 걸?”

신 영감이 고주봉의 생각을 알겠다는 듯 입을 열었다.

“해부가 가능한 공간이라면 모조리 설치를 해야죠. 용산에 연락하세요. 카메라가 아주 많이 필요할 듯하니.”

고주봉은 대상을 찾기보다 범행이 가능한 공간 전부를 감시할 작전을 세웠다. 검찰에서는 시도할 수 없는 형태였다.

“설치는 누가?”

신 영감이 다 늙은 자신에게 그런 일을 시켜선 안 된다는 듯 고주봉을 바라봤다.

“영감님 보냈다간 언제 일이 끝나겠습니까? 한두 곳도 아니고. 이 일은 각 지소에 연락해 처리하는 게 빠를 겁니다.”

각 지소에 연락하라는 고주봉의 말에 미스 황이 자리에서 일어났다.

“그건 제가 하죠. 오랜만에 센터에서 직접적으로 명령을 내리는데 신 영감에게 재미를 나눠줄 수는 없죠.”

“쳇. 나보고 하라고 해도 안 할 생각이었다. 망할 놈들이 내 말은 귓등으로도 안 들어.”

신 영감은 짜증을 내며 자신의 방으로 들어가 버렸다.

“비용은 영수증으로 처리하면 되겠죠?”

“그렇게 해. 설치 장소는 리스트 뽑아서 늦어도 내일까지는 마무리하자고.”

“네. 부지런 떨어야겠네요. 김하림 검사는 어떻게 할까요?”

“일단 놔둬. 뭐라도 나와야 이야기하지.”

“그렇게 하죠.”

미스 황은 곧바로 자신의 자리로 가더니 해부실이 있는 병원이나 대학 기타 연구소까지 검색하기 시작했다.

＊　　＊　　＊

타봉 탐정사는 비싸기로 유명한 강남 한복판에 사무실을 가지고 있었다. 봉방규는 60평이 넘는 탐정사 공간에서 무려 10평을 봉 센터 감시용으로 활용하고 있었는데 전담 직원 한 명이 급히 달려나와 대표실로 들어갔다.

“대표님!”

지루한 표정으로 인터넷 서핑을 하고 있던 봉방규는 무슨 일인데 호들갑이냐는 듯 직원을 바라봤다.

"봉 센터에서 지소 동원령이 떨어졌습니다."

"뭐?"

지루한 얼굴로 시간을 보내고 있던 봉방규가 자리에서 벌떡 일어났다.

"방금 전 제일흥신소로 동원령이 내려왔답니다. 그쪽에 심어놓은 프락치가 연락해 왔습니다."

"내용은?"

"리스트가 내려왔다고 하는데 그게 병원이나 대학 이름이 적혀 있답니다."

봉방규는 직원이 건네준 리스트를 확인했다.

"서울 경기 내 병원과 대학이라. 대학은 의대 쪽이군."

"그렇습니다."

"목적이 뭐지?"

"배터리 용량이 최대 48시간, 무선 전송이 가능한 휴대용 감시카메라를 곳곳에 설치하는 일이랍니다."

"잠깐. 서울 경기에 그걸 다 설치한다고?"

봉방규는 잠시 비용을 계산해 보더니 혀를 내둘렀다. 망할 봉 센터는 일을 벌여도 규모가 압도적이다.

"이유는 알아봤어?"

"지소 동원령만 내려왔고 이유에 대해선 밝히지 않았다고 합니다."

"알았어. 가서 새로운 소식이 들어오면 계속 알려줘."

"알겠습니다."

봉방규는 직원이 나가자 봉 센터의 지시가 무엇 때문일지 곰곰이 생각을 해봤다.

"병원, 의과대학. 서울 경기 지역이라. 곳곳에 카메라가 한 대만 설치하는 건 아닐 테고 최소 3대에서 10대 정도가 소요된다."

봉방규는 컴퓨터 앞에 앉더니 곳 바로 지역검색에 들어갔다.

"대당 작업비를 30만 원으로 잡고 리스트 당 평균 5개가 들어간다면 최소한 1억 정도는 뿌리는 거군. 명확한 대상이 아니라 불특정다수를 지향한다면 운 좋게라도 뭔가 걸려들기를 바란다는 뜻이고 48시간 안에 결과가 나오지 않으면 그냥 돈만 날리겠다는 의미인데……."

봉방규는 헛일이 될 수도 있는데 물량을 쏟아붓는 이유를 고민해 봤다.

"의사들 바람 피는 것 잡겠다는 것은 아닐 것이고. 고주봉 이번엔 뭐냐!"

봉방규가 봉 센터의 목적을 알아내기 위해 고심하는 사이 다시 직원이 뛰어 들어왔다.

“좀 더 정확한 정보가 들어왔습니다.”

“말해봐.”

“카메라 설치 위치가 해부실 또는 비어 있는 수술실이랍니다.”

“해부실과 수술실?”

봉방규는 ‘아!’ 하는 소리를 내며 자리에서 일어났다. 봉 센터가 뭘 노리는지 알아낸 것이다.

“하지만 돈이 안 되는 일인데…….”

봉방규는 고주봉이 돈 안 되는 일엔 절대 나서지 않는다는 걸 잘 알고 있었다. 그런데 돌아가는 상황을 보면 이건 분명히 김하림 검사 쪽 일이었다. 전에는 딱히 도와줄 생각이 없어보였는데 전격적으로 움직임을 보이다니 이해가 되지 않았다.

“그렇군. 정식으로 의뢰를 했어! 도와주는 게 아니라!”

의뢰를 받고 움직이는 것이라면 사건을 해결함과 동시에 모든 비용은 의뢰자가 처리하기 때문에 얼마를 가져다 쓰던 걱정할 필요가 없는 것이다.

“딱히 이익을 보진 못하겠지만 사건을 해결하면 명성 값은 확실히 올라가겠군.”

봉방규는 회의실로 이동하며 직원들에게 소집령을 내렸다.

"봉 센터에서 일을 벌였다. 따로 맡고 있는 일이라도 급한 게 아니라면 모두 회의실로 들어와."

직원들 역시 봉 센터와 관련된 일이라고 하자 너 나 할 것 없이 회의실로 뛰어 들어갔다. 봉방규 못지않게 봉 센터에 자존심이 상해 있는 직원들이었다.

"블레이드 킬러. 연쇄살인범 다들 알지?"

"그렇습니다."

"봉 센터에서 이번에 노리는 게 바로 블레이드 킬러다."

"네? 하지만 검찰에서도 계속 허탕만 치고 있던데 어떻게."

직원들은 어리둥절한 표정을 지었다.

"만약에 봉 센터에서 해낸다면?"

봉방규는 양손을 턱에 괴고 진지한 표정으로 질문을 날렸다.

"음……."

"저희도 뛰어들고 싶지만 정보가 너무 없습니다."

타봉 탐정사 총 30명 직원 중엔 전직 형사 숫자만 해도 10명이 넘었다. 연쇄살인범을 잡겠다는데 반대할 이유가 없는 것이다.

"정보는 이미 다 들어왔다."

봉방규가 봉 센터 감시 전담직원에게 손짓하자 지금 무슨 일이 벌어지고 있는지 모두에게 설명을 했다.

"봉 센터답군요. 그 많은 지역을 물량으로 발라 버리겠다
니."

"우리라고 못할 게 없지."

봉방규의 말에 직원들이 회의적 반응을 보였다.

"저희는 독립회사지 않습니까? 봉 센터처럼 조합이 아닙니
다. 돈은 둘째 치고 설치할 인력이 부족합니다."

"봉 센터의 동원령은 서울 경기 지역뿐이다. 그리고 그 안
에 봉 센터 조합만 있는 것도 아니지."

"봉 센터와 관계가 없는 흥신소들을 이용하면 되겠군요."

"알았으면 뛰어. 시간이 없다! 이번 사건을 우리가 해결하
면 타도 봉 센터의 구호를 제대로 높일 수 있는 기회다! 봉 센
터가 놓친 사각지대를 찾아내! 고고!"

*　　*　　*

타봉 탐정사.

평소엔 짧게 줄여서 사용하지만 본래 이름대로 길게 풀어
쓰면 다음과 같다.

'타도하자 봉 센터 제임스 봉 탐정사'

오랜만에 타봉 탐정사 분위기가 후끈 달아올랐다.

CHAPTER **06**

블레이드 킬러

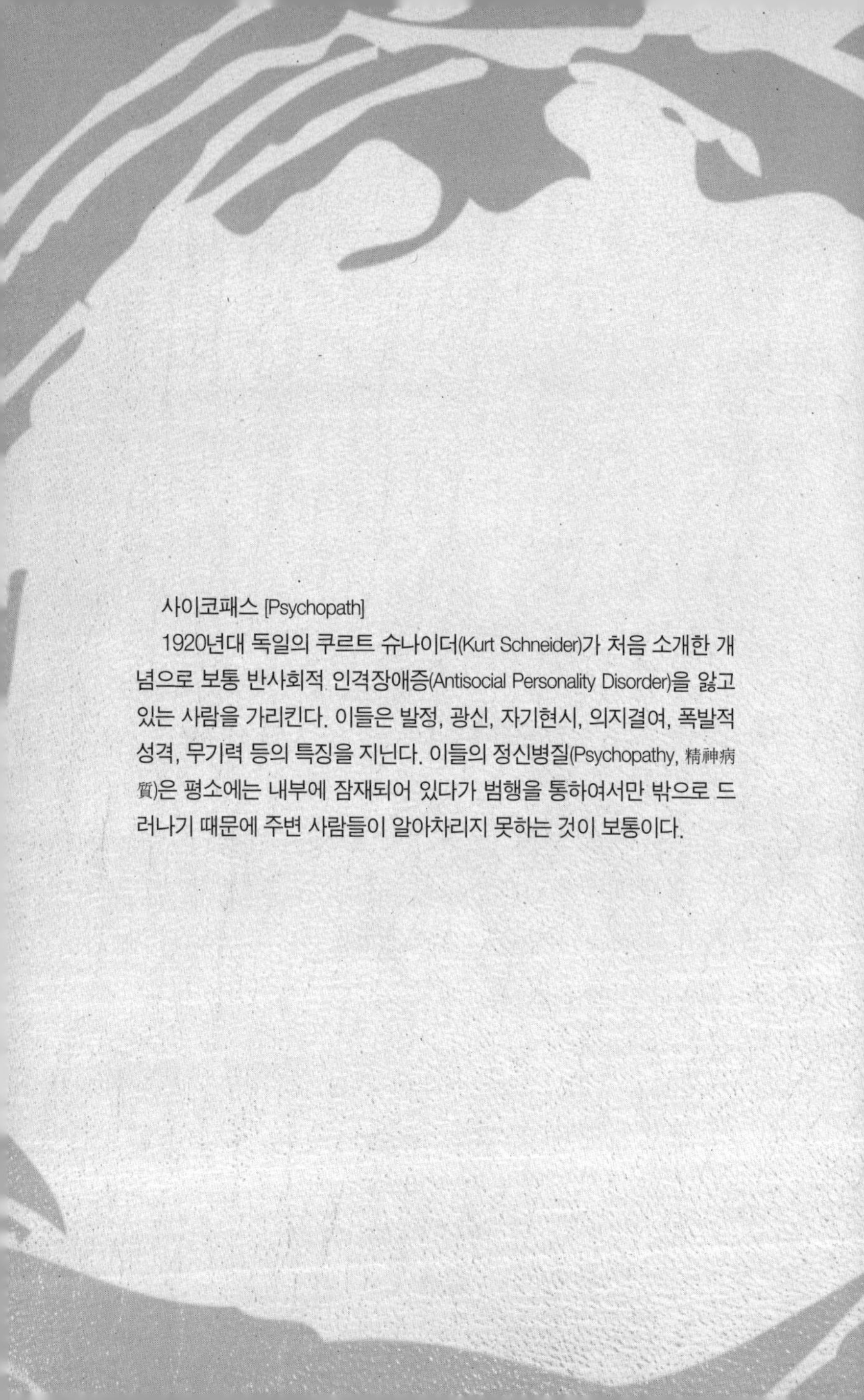

사이코패스 [Psychopath]

1920년대 독일의 쿠르트 슈나이더(Kurt Schneider)가 처음 소개한 개념으로 보통 반사회적 인격장애증(Antisocial Personality Disorder)을 앓고 있는 사람을 가리킨다. 이들은 발정, 광신, 자기현시, 의지결여, 폭발적 성격, 무기력 등의 특징을 지닌다. 이들의 정신병질(Psychopathy, 精神病質)은 평소에는 내부에 잠재되어 있다가 범행을 통하여서만 밖으로 드러나기 때문에 주변 사람들이 알아차리지 못하는 것이 보통이다.

퍼슈어
PURSUER

타봉 탐정사에서 움직였다는 소식은 곧바로 고주봉에게
전해졌다. 타봉 탐정사에서 봉 센터의 지소에 프락치를 심어
놓고 정보를 캐고 있다면 봉 센터는 곳곳에 있는 지소 전체가
프락치였다.

"봉방규가 또 끼어드는군."

고주봉이 신경질적으로 입을 열었다.

"우리 쪽에서 무엇 때문에 일을 벌인지 알고 있다는 거죠.
우리보다 먼저 블레이드 킬러에 대한 정보를 찾아낼 생각일
테구요."

미스 황은 이젠 놀랍지도 않다는 듯 시큰둥한 반응이다.

"그냥 놔둬. 이번 의뢰는 돈 벌려고 받은 것도 아니고 어디까지나 공공사업적인 성격이 강하잖아."

신 영감은 오히려 잘됐다는 눈치다.

"그럴 수는 없죠. 만년 2등에게 질 수는 없는 일입니다."

평소 봉방규를 루저라 놀리며 무시하는 고주봉이었지만 무시하는 듯하면서도 은근히 지기 싫어하는 것은 봉방규 못지않았다. 봉방규가 어떻게든 한번 이겨 보겠다고 용을 쓰고 있다면 고주봉은 한 번도 질 수 없다고 발악하는 셈이다.

"가끔 보면 센터장님도 한심해요."

"뭐?"

미스 황의 말에 고주봉이 민감한 반응을 보였다.

"그렇잖아요. 평소엔 그러든지 말든지 무시하라면서 정작 제임스 대표가 끼어들면 정신을 못 차리니."

"내 기록이 깨지는 걸 원치 않는 것뿐이야."

"기록 때문이 아니라 제임스 대표가 찾아와서 비아냥거릴까 두려운 건 아니고요?"

미스 황은 거짓말하지 말라는 듯 고주봉을 바라봤다.

"시끄러! 진행 상황이나 보고해."

"이번 동원령에 참여한 지소는 모두 32곳이에요. 참여 인원은 총 221명. 서울 경기 쪽 흥신소 인력이 모두 움직였다고 보면 될 거예요. 두 곳은 조합에 포함되지 않은 심부름센터까지 동원해서 움직였어요. 장비는 그렇다 쳐도 인건비가 상당해요."

"대충 어느 정도지?"

"장비가 1억 2천. 동원된 인력 비용이 개인당 20만 원씩이니 4천4백이 조금 넘는군요. 현재까지 1억 6천 정도입니다."

"크윽."

생각보다 지출이 크자 고주봉이 이를 악물었다.

"만에 하나 봉방규가 먼저 정보를 얻게 되면 그 돈 다 날아가는 거다. 절대 질 수 없어."

"이기고 지는 문제에 집착하는 것은 여전히 한심해 보이지만 지출된 내역을 생각하면 확실히 우리가 먼저 정보를 선점해야겠네요."

미스 황은 신 영감 쪽을 바라봤다.

"걱정하지 마. 영상이 들어오는 족족 돌리고 있으니까. 제임스 쪽은 우리 같은 컴퓨터 시스템을 갖추지 못하고 있으니 각자가 모니터로 확인할 것이고 엄청난 노동력이 소모될 거다."

신 영감은 자신이 맡은 일엔 아무런 문제가 없으니 다른 부분이나 신경 쓰라고 했다.

감시 카메라를 설치하기 시작한 지 하루 만에 타봉 탐정사

와 봉 센터의 경쟁은 치열함을 넘어 지독하다 할 정도로 심화
됐다. 처음엔 범죄 가능성이 있는 장소를 감시하는 것으로 시
작했지만 먼저 정보를 선점해 범인을 잡겠다는 승부욕이 경
쟁을 과열시킨 것이다. 서울 경기 곳곳의 우범지역이 감시구
역에 들어갔고 나중엔 이미 설치되 운용 중인 경찰청과 교통
용 카메라를 해킹하는 지경에 이르렀다. 무단으로 감시 카메
라를 설치한 것만으로도 문제가 적지 않은데 국가가 관리하
는 카메라까지 사적으로 이용했으니 만에 하나 걸리는 날엔
여럿 잡혀 들어갈 상황이었다.

초조한 기색으로 봉 센터의 연락을 기다리고 있던 김하림
은 더 이상 참지 못하고 먼저 전화를 했다. 뭔가 진행 상황이
라도 알려주면 덜 답답하겠는데 아예 깜깜무소식이니 애가
탄 것이다. 블레이드 킬러의 범행 패턴을 본다면 어제나 오늘
사이에 분명히 살인을 저지를 것이다.
매스컴에 공개된 것은 몇 차례 되지 않지만 사실 이 미친
살인마는 두 달간 거의 매주 살인행각을 벌이고 있었다.
"여보세요?"
—바쁘다고 무슨 일이야?
"그게 어떻게 되어가는지 소식이 없어서."
—몰라. 지금 그런 이야기할 정신없으니 끊어.

"모르다니요. 뭔가 알아낸 게 있으면 정보를 줘야죠."

검경이 모두 동원되고도 아직 잡지 못한 자였다. 하지만 봉 센터라면 뭔가 흔적을 찾아낼 수 있지 않을까 싶어 의뢰를 넣은 건데 대뜸 끊으라니. 무책임의 극치였다.

"센터장님!"

—다음에 이야기하자고.

고주봉은 뭐가 그리 급한지 바로 전화를 끊어 버렸다.

"이건 아니야. 아무리 바빠도 그렇지. 사람 목숨이 오가는데!"

김하림은 곧바로 봉 센터를 향해 움직였다.

김하림이 잔뜩 화가 난 상태로 쫓아오고 있는 순간 봉 센터는 시장통을 방불케 했다. 쉼 없이 사람들이 오가며 메모리 카드를 내려놓고 받아가기를 반복했다. 고주봉이나 미스 황 역시 새롭게 접수된 메모리 카드를 컴퓨터로 옮기는 데 여념이 없었고 혹 촬영 장소가 기록된 폴더에 엉뚱한 영상이 들어갈까 정신을 집중하고 있었다.

다운로드가 완료된 파일은 폴더별로 신 영감의 서버에 업로드했고 신 영감은 눈이 빠져라 모니터를 바라봤다. 안구건조증이 생겨 인공눈물약을 넣고 있지만 핏발선 눈은 따갑기만 했다.

봉 센터 입구에 도착한 김하림은 수많은 사람이 들어가고 나오기를 반복하는 모습에 자신이 잘못 왔나 싶어 위치를 다시 확인하기까지 했다.

“봉 센터에 왠 사람들이…….”

자신이 아는 봉 센터는 개나 소나 오가는 곳이 아니었다. 그런데 지금 상태는 마치 방앗간에 참새 몰려들 듯이 정신이 하나도 없었다.

말로만 바쁜 게 아니라 진짜 정신없이 바빠 보이는 봉 센터의 모습에 김하림은 잠시 멈칫거렸다. 괜히 들어가서 한소리 했다가 욕만 잔뜩 먹을 것 같았기 때문이다.

“아니. 무슨 일인지 모르겠지만 나도 충분히 급하다고!”

김하림은 결심이 섰는지 성큼성큼 봉 센터 안으로 걸음을 옮겼다.

*　　　*　　　*

“야! 똑바로 못해!”

난리통은 봉 센터만이 아니었다. 타봉 탐정사 역시 정신이 나갈 정도 난리가 난 상태였다. 끝없이 밀려드는 메모리 카드 때문에 컴퓨터마다 북새통을 이뤘고 영상을 확인하기 위해 모니터를 노려보는 직원들의 눈에선 눈물이 줄줄 흘렀다.

“시간, 장소! 그걸 왜 바꿔. 매뉴얼대로 하란 말이야!”

곳곳에서 고성이 터지며 독촉하는 목소리가 흘러나왔지만 누구 하나 짜증내는 사람이 없었다. 지금쯤 봉 센터도 영상 분석을 위해 전력투구를 하고 있을 것이다. 짜증낼 시간이 있다면 동영상 한 조각이라도 더 살펴봐야 했다.

하지만 쌓여 있는 메모리 카드는 어마어마했고 그것을 확인할 컴퓨터는 한없이 모자랐다.

그때 문이 거칠게 열리며 봉방규가 사무실 안으로 들어왔다.

"울트라북이다! 컴퓨터 없는 사람들 빨리 하나씩 챙겨가."

확인 장비가 부족하다 보니 컴퓨터를 구하러 나갔던 봉방규가 울트라북을 스무 개나 구해 온 것이다. 설치가 오래 걸리는 데스크탑보다 성능이 좋고 바로 쓸 수 있는 노트북으로 사온 것이다.

"설치는 우리보다 먼저 끝냈을지 모르지만 영상을 확인하는 것은 우리가 먼저다! 저쪽은 끽해야 셋이지만 우린 열 배가 넘어. 이 숫자로도 지는 날엔 다들 한강에 빠져 죽는 거야! 살 자격이 없어!"

봉방규는 직원들을 독려하며 자신도 울트라북 하나를 들고 앉아 메모리 카드를 확인하기 시작했다.

"고주봉. 이번엔 우리가 이긴다!"

봉방규가 눈에 불을 켜고 영상을 확인 하던 중에 직원 한

명의 외침이 사무실 안을 쩌렁쩌렁하게 흔들었다.

"찾았다! 찾았어!"

"어디냐!"

봉방규는 흥분을 감추지 못하고 소리친 직원을 향해 달려갔다.

*　　*　　*

아예 보안 설정을 꺼버린 봉 센터는 누가 오가든 상관없다는 분위기였다. 지금 중요한 것은 속속 들어오는 영상 정보 안에서 범인으로 의심되는 누군가가 등장하는가 하는 것이었다.

"이게 전부 나 때문에?"

김하림은 바보가 아니다. 오가는 사람들의 대화와 안에서 울려 퍼지는 고주봉의 목소리만으로 무슨 일이 벌어지고 있는지 파악한 것이다.

"대단……."

처음으로 봉 센터가 돌아가는 모습을 직접 확인한 김하림은 이런 식은 상상도 못했다는 듯 놀람을 감추지 못했다. 김하림이 고주봉의 방에 들어선 순간 신 영감의 모니터실 쪽에서 강렬한 외침이 터져 나왔다.

"개새끼 찾았다!"

신 영감은 일흔이 넘은 노인이라고 볼 수 없을 정도 날듯이 달려나와 고주봉의 컴퓨터에 자신이 찾은 영상을 띄웠다. 주변에 모여 있던 이들은 하던 일을 멈추고 일제히 컴퓨터 앞으로 모여들었다. 김하림 역시 허겁지겁 고주봉의 모니터에 고개를 내밀었다.

"여기가 어디죠?"

"한림대학병원 연구실이다."

신 영감의 대답에 고주봉은 바로 영상이 녹화된 시간을 체크했다.

"젠장. 30분 전에 녹화된 영상입니다."

영상 속에선 검정 뿔테 안경을 쓴 남자 한 명이 정신을 잃은 것으로 보이는 여자를 연구실로 옮기는 모습이 찍혀 있었다.

"전화 좀 쓸게요!"

봉 센터 안에선 핸드폰이 터지지 않기에 책상에 있는 전화기가 유일한 통신 수단이었다.

"김 검사?"

고주봉은 언제 왔냐는 듯 김하림을 바라봤다.

"비켜봐요."

김하림은 전화가 먼저라며 사람들을 밀어내더니 곧바로

블레이드 킬러 특별 수사팀에 전화를 넣었다.

"나예요. 김 검사."

김하림은 수사팀에게 지금 당장 한림대학병원 연구실로 출동하라는 말을 하더니 고주봉을 바라봤다.

"가요!"

"뭐?"

"잡아야죠!"

"그건 검사가 할 일이지."

"네?"

김하림은 그게 무슨 소리냐는 듯 고주봉을 바라봤다.

"내가 할 일은 여기까지."

고주봉은 지친 표정으로 이 정도면 충분하지 않느냐고 했지만 미스 황의 손에 잡혀 억지로 움직여야만 했다.

"위험한 잡니다. 센터장님이 같이 가주세요."

"미스 황. 하지만……."

"오랜만에 봉 센터가 전부 움직였는데 마무리도 깔끔하게 해야죠."

김하림 검사보다 미스 황이 더 강렬한 눈빛으로 고주봉을 바라봤다.

"휴. 가지."

고주봉은 이번뿐이라며 선을 긋더니 밖으로 달려나갔다.

봉 센터에 몰려와 있던 지소 사람들 역시 이대로 끝낼 수 없다며 우르르 몰려 나갔다. 세간을 떠들썩하게 만든 연쇄살인마를 잡는 일이었다. 돈을 떠나 시민의 한 사람으로서 힘을 보태고 싶은 것이라고 말하고 싶었지만 대부분 미스 황의 분위기에 휩쓸린 상태였다.

그 시각 타봉 탐정사 역시 전직 형사들이 살인마를 잡기 위해 전력으로 이동 중이었다.

김하림이 자신의 차를 타기 위해 이동하자 고주봉이 팔을 잡아끌었다.

"이쪽이야."

김하림은 잠시 머뭇거렸지만 미스 황 역시 고주봉을 따라가사 힘께 움직였다. 고주봉은 건물 사이의 주차장이 아니라 맞은편 건물 지하로 이동을 했다.

"시간 없다구요."

김하림은 그냥 자신의 차를 타고 가는 게 좋을 뻔했다며 발을 동동 굴렸다. 그러나 잠시 뒤 눈앞에 나타난 차를 보자 언제 그랬냐는 듯 입을 다물었다.

"람보르기니 LP700—4 아벤타토르."

미스 황은 윙 도어를 밀어 올리며 차량 이름을 읊어줬다.

"그런데 이거 2인승인데……."

"김 검사는 미스 황이랑 겹쳐 타."

　고주봉은 바쁘다는 사람이 좌석 따지게 생겼냐는 듯 조수석에 구겨 넣었다.

　고주봉이 운전석에 앉아 시동을 걸자 묵직한 배기음과 떨림이 전해졌다.

　"둘이 함께 앉아서 벨트를 맬 수 없으니 뭐라도 잡으라고. 운전이 거칠 테니까."

　고주봉은 곧바로 주차장을 빠져나오더니 우렁찬 배기음을 토해내며 앞으로 달려나갔다.

　"꺄악!"

　김하림은 좁은 골목길을 미친 듯이 달려나가자 자신도 모르게 비명을 지르고 말았다. 제로백 2.9초의 괴물이 인도와 자도를 오르내리며 광란의 질주를 시작했다.

　사방에서 클랙슨이 울리며 온갖 욕이 터져 나왔지만 람보르기니는 시선을 아랑곳하지 않고 목적지를 찾아 달렸고 틈틈이 쉬지 않고 김하림의 비명 소리가 차 안에 울려 퍼졌다.

　"꺄! 꺄! 꺅!"

　"시끄러!"

*　　　*　　　*

　신경외과 전문의로 재직 중인 천지운은 뛰어난 실력으로

인정받는 의사이면서 연구도 게을리 하지 않는 성실함의 아이콘이다. 교수들 사이에서도 이대로만 성장한다면 차기 신경외과 과장으로 자리 잡을 것이라 알려진 재원이었다. 일과가 끝나고도 연구동에서 살다시피 하는 그를 두고 동료들은 종종 연구실 껌딱지라고 부르곤 했다.

"매주 고생이 많네."

동료 의사 한 명이 건강도 챙기면서 일하라는 듯 천지운의 어깨를 두들겼다.

"고생은 무슨. 환자들을 생각해서라도 더 열심히 해야지."

천지운은 사람 좋은 미소를 지어 보이더니 자신의 연구실로 들어갔다.

"쳇. 어차피 들어갈 거면서 왜 이리 뭉그적거리는 거야."

천지운은 퇴근 시간이 지났음에도 연구동을 나가지 않는 동료 때문에 짜증이 솟구쳤다.

"평소 같으면 이미 손맛에 빠져 있을 시간에 이게 뭐하는 짓인지."

천지운은 입맛을 다시며 쩝쩝거렸다.

"그나저나 왜 아직 메일이 없지?"

천지운은 웹페이지를 리플레이 시키며 모니터만 바라봤다.

"왔다."

천지운은 기다렸다는 듯 메일을 열었다.

"흠. 이번엔 뇌 쪽인가?"

메일엔 도파민 분비와 뇌 활동에 대한 내용이 가득했다.

도파민 수용체는 G단백질(GTP—binging—protein)과 결합하여 2차전령(Second messenger)을 활성화하거나 특정 신호전달체계를 활성, 또는 억제시키는 방식으로 세포가 흥분하거나 억제되는 정도를 조절하는 기능을 갖고 있었다. 메일에서 요구하는 실험 내용은 기존에 요청했던 신경체계와 관련해 좀 더 발전된 내용을 담고 있었다. 거기다 실험에 사용할 호르몬이나 약품은 직접 지원을 하겠다고 했다.

"예전처럼 곧바로 확인하는 건 어렵겠는데. 혹시 파킨슨병 관련인가?"

호르몬을 주입하고 그 반응을 체크하는 것은 하루 이틀에 끝날 작업이 아니었다.

"뭐, 연구동도 슬슬 질려가던 차에 잘되었네. 시체를 상대하는 것보다 살아 있는 여자와 함께 지내면 심심하지도 않을 것이고."

이번 실험부터는 요구 조건이 까다로워진 만큼 비용도 월등이 올라갔다.

"실험 결과를 보고할 때마다 십만 달러라. 특이사항을 발

견하거나 도출해 내면 배… 백만?'

천지운은 혹시 숫자를 잘못 봤나 싶어 0의 개수를 다시 확인했다.

"대박이다. 즐겁게 일하면서 돈도 벌고, 최고군."

천지운은 메일 하단에 적힌 번호로 전화를 걸었다. 실험을 진행하는 데 도움을 주는 일종의 서포터 같은 이들이 있었고 그들은 천지운이 요구하는 것은 무엇이든 들어줬다.

"천지운입니다."

—Yes.

"네. 이번엔 청소가 아니라 운반입니다. 실험 내용이 달라져서 장소를 바꿔야겠습니다."

—Yes.

"일산에 집이 한 채 있습니다. 주택이죠."

—Address.

"문자로 알려 드리죠. 진행은 오늘 내로 부탁드립니다."

—OK.

서포터는 OK를 마지막으로 전화를 끊었었다.

"쿨하기는."

서포터들은 과묵하기가 이를 때 없지만 일 처리에 있어선 놀라울 만큼 확실했다. 요구사항은 전달했으니 자신도 연구동 생활을 정리하기로 했다.

주소를 찍어 보내고 컴퓨터에 있던 실험 자료를 외장하드에 옮긴 천지운은 개인 실험실 캐비닛에 넣어둔 여자를 떠올렸다. 어젯밤 손에 넣은 여자였는데 마취시켜 차량 트렁크에 넣어 두었다가 방금 전 실험실로 옮겨놓은 상태였다.

"해부체로 쓰기엔 아까운 인물이었는데, 크크크."

천지운은 혼자만의 망상에 빠져 한동안 몸을 비비 꼬았다.

—메시지 왔어~ 메시지 왔어~

상상의 나래를 펼치고 있던 천지운은 곧바로 스마트폰을 확인했다.

"10분 뒤라. 부지런하긴."

천지운은 빠뜨린 게 있는지 다시 확인 한 뒤에 실험실로 향했다.

이소라는 조금씩 의식이 돌아오는지 눈을 뜨고 상황을 파악하고자 했다. 그러나 주변이 어두워 자신이 어디에 있는지 어떤 상태인지 확인할 방법이 없었다.

"끙."

손을 움직이려 했지만 뭔가에 묶여 있는지 꼼짝도 하지 않았다. 발목에도 압박이 느껴지는 게 마찬가지 상태로 보였다.

"강력계 형사가 납치라니. 미치겠군."

이소라는 자신에게 접근했던 사내를 떠올렸다. 최근 원치

않은 경험들 때문에 스트레스가 많았던 이소라는 기분이나
풀 겸 클럽에 갔었다. 신나게 춤을 추다 보면 복잡한 생각들
이 날아가곤 했기 때문이다.

"웨이터 자식!"

그렇게 싫다고 했는데 한참 춤을 추고 있는 자신의 팔목을
잡아끌더니 룸으로 데리고 들어갔다. 마음 같아선 웨이터의
팔목을 꺾어버리고 싶었지만 형사가 그런 짓을 했다간 귀찮
은 일이 생길 수도 있었다. 사고를 치고 싶진 않았기에 잠시
들어갔다 나올 생각으로 들어간 이소라는 처음의 마음과 달
리 자리에 앉고 말았다. 딱 봐도 말쑥해 보이는 남자 한 명이
선한 눈빛으로 자신을 바라봤기 때문이다. 사실 살짝 마음이
동하긴 했다.

어차피 스트레스나 풀려고 나왔기 때문에 이왕 이렇게 된
것 기분이나 낼까 했고 이런저런 이야기를 나누다 보니 상대
남자의 스펙도 나쁘지 않았다. 직업이 뭐냐고 물어봐서 잠시
당황하긴 했지만 분위기를 깨고 싶진 않았기에 행정직 공무
원이라고 이야기했다. 자신도 여자인지라 은근히 끌리는 마
음이 생기자 점차 술잔이 늘어났고 어느 순간 기억이 끊겨 버
렸다.

"어떤 놈인지 죽었다고 복창해라. 감히 형사를 납치, 감금
해?"

이소라는 창피함과 분노가 뒤범벅되어 바득바득 이를 갈
았다.

＊　　　＊　　　＊

한림대학병원으로 이동 중인 타봉 탐정사의 차량.

봉방규는 실험실로 끌려 들어가는 여자의 얼굴이 어딘지
눈에 익었다.

"이상하다. 내가 아는 사람이면 얼굴을 기억하지 못할 수
없는데."

범인과는 비교할 수 없을 정도로 탁월한 인지 능력과 기억
력을 소유한 봉방규다. 그런 자신이 눈에 익어 보인다면 분명
히 아는 사람이 분명했다. 하지만 자신이 기억하는 사람 중에
이 정도 미모에 몸매를 가진 사람이 누구인지 기억해 낼 수가
없었다.

"누구더라……."

한림대학병원에 도착하기까지 봉방규는 끊임없이 고민해
봤지만 결국 여자의 정체를 알아내는 덴 실패했다.

"빌어먹을, 고주봉 때문이야. 스트레스 때문에 나의 소중
한 뉴런들이 만성 피로에 시달리는 거라고!"

뭐든 문제가 있으면 모든 원인은 고주봉으로 귀결되는 봉

방규다.

"도착했습니다."

운전대를 잡고 있던 직원이 병원 지하 주차장으로 진입하면서 도착을 알렸다.

"가자!"

차가 서기도 전에 문을 연 봉방규는 지체없이 달려나갔다. 뒤 이어 전직 형사들이 타고 있는 차량도 속속 도착했고 덕분에 병원 주차장은 작은 소란이 일었다.

"저… 저거!"

굉음을 내며 한림대학병원에 도착한 고주봉은 눈앞에서 주차장으로 들어가는 타봉 탐정사 차량을 발견했다.

"제임스 대표도 발견했군요."

"내려!"

자신이 왜 가야 하냐며 귀찮은 표정을 지었던 고주봉은 언제 그랬냐는 듯 급 흥분 상태다.

"위치가 어디라고 했지?"

"지하 3층. 신경외과 연구동입니다. 실험실 번호는 B—307호실이구요."

미스 황의 말이 끝나자마자 고주봉은 전력을 다해 뛰기 시작했다. 범인이 봉방규 손에 들어갔다간 비용은 둘째 치고 두

고두고 놈에게 놀림을 받을 것이다.

"그럴 수는 없지!"

고주봉이 엄청난 속도로 쫓기 시작하자 앞서 달리던 타봉 탐정사 역시 그의 등장을 알아차렸다.

"제임스 대표님, 봉 센터입니다."

"뭐랏?"

고주봉이 나타났다는 말에 봉방규는 마음이 급해졌다. 다 잡은 물고기를 내줄 수는 없는 일.

"막아!"

"네?"

전직 형사들이 봉방규의 말에 '진짜요?' 하는 표정을 지었다.

타봉 탐정사 직원들은 봉방규의 조언에도 불구하고 한때 고주봉을 우습게 본 적이 있었다. 흉악범들과 부대끼며 형사로 살아온 세월이 얼만데 젊은 놈 하나 처리 못하겠냐 싶은 것이다. 하지만 결과는 대패(大敗)! 일명 인천대첩이라 불리는 대결에서 타봉 탐정사 소속 전직형사 여섯 명이 줄줄이 나가떨어진 것이다. 그런 상대를 막으라니 아무리 사장의 지시라고 하지만 속이 뜨끔했던 것이다.

"잠깐이라도 좋아. 진로만 방해해도 우리가 먼저다! 성공하면 보너스다!"

"그 정도라면야."

"맡겨주십시오!"

박봉에 열악한 근무환경을 벗어나 어지간한 대기업 직원 대우를 받는 이들이다. 마누라들이 예뻐 죽겠다고 보약까지 챙겨주는 요즘, 보너스라도 가져다주면 한동안 왕처럼 살 수 있을 것이다. 진로방해 정도라면 몇 번이고 가능했다. 움직이는 길목만 막아서도 고주봉의 속도를 확 줄여놓을 수 있는 것이다.

고주봉은 봉방규 뒤를 따르던 인원들이 좌우로 갈라지면서 자신을 막아서자 더욱 마음이 급해졌다.

"비— 켜!"

"고 센터장님. 이번엔 우리가 이깁니다!"

봉방규의 주입식 직원 교육은 이젠 거의 세뇌라 불러도 부족함이 없을 정도다. 뇌가 너덜너덜해지도록 타도 봉 센터를 입력해 놓아 타봉 탐정사 직원이라면 한 명도 빠짐없이 봉 센터에 적대적이었다.

"피라미는 비켜~!"

"시간만 벌면 된다! 저지해!"

"센터장님 여긴 제가 처리하죠."

구도도 벗어 버리고 맨발로 달려온 미스 황이 고주봉 앞을 치고나갔다. 미스 황이 진로방해꾼들을 막아선 순간 고주봉은 기회를 놓치지 않고 비상계단 쪽으로 달려가 버렸다.

"안 되는데!"

"봉 센터 얼음 마녀다!"

"젠장!"

전직 형사들과 전직 검사의 대결! 지금이야 계급 떼고 맞붙는 상태였지만 이들에겐 센터장 고주봉보다 더 꺼리는 사람이 바로 미스 황이었다.

"조 형사, 지 형사. 구 형사도 있었네. 인천에서 보고 처음이니까 한 반년 됐나?"

"아이고, 황 검사님. 우리도 먹고 살아야 할 것 아닙니까?"

"그럼 나는 굶어 죽을까?"

미스 황은 웃기지 말라는 듯 전직 형사들을 노려봤다.

뒤이어 달려온 김하림 검사는 봉 센터와 타봉 탐정사 사이에 벌어지는 대결 구도에 어이없는 표정이 되었다. 서로 협력해서 범인을 잡지는 못할망정 내가 아니면 너도 하지 마 식의 무식한 짓들을 벌이자 화가 날 지경이었다.

"지금 뭐하는 거예요!"

김하림 검사는 미스 황과 전직 형사들을 바라보며 버럭 소리를 질렀다.

"아가씨는 빠지시지."

김하림 검사의 정체를 모르는 타봉 탐정사 직원들이 으르
렁거리는 목소리로 위협을 가했다.

"당신들 제정신이야?"

김하림은 검사 신분증을 꺼내 자신을 위협한 직원을 얼굴
에 던져버렸다.

"거… 검사님?"

"공무집행방해로 다 처넣어 버리기 전에 빨리 쫓아가! 지
금 우리가 잡으려는 놈이 연쇄살인마인 걸 몰라? 전직 형사라
는 사람들이 제정신이냐고!"

김하림 검사는 눈앞에 사내들을 당장에라도 갈아 마셔 버
릴 듯 괴성을 질렀다.

"네. 알겠습니다."

"달려! 검사님 지시다!"

전직 형사들답게 검사가 불호령을 내리자 습관적으로 지
시에 따르기 시작했다. 대표의 지시도 중요하지만 공무집행
방해 따위의 어이없는 죄목으로 경찰서를 들락거릴 수는 없
었다.

미스 황은 김하림의 박력에 고개를 끄덕이더니 미소 띤 얼
굴로 달리기 시작했다. 다시는 돌아갈 수 없는 자리였지만 김
하림 덕분에 잠시마나 옛 추억을 맛보는 미스 황이다.

*　　　*　　　*

두려움 때문에 갖는 존경심만큼 비열한 것은 없다.

CHAPTER 07
예기치 못한

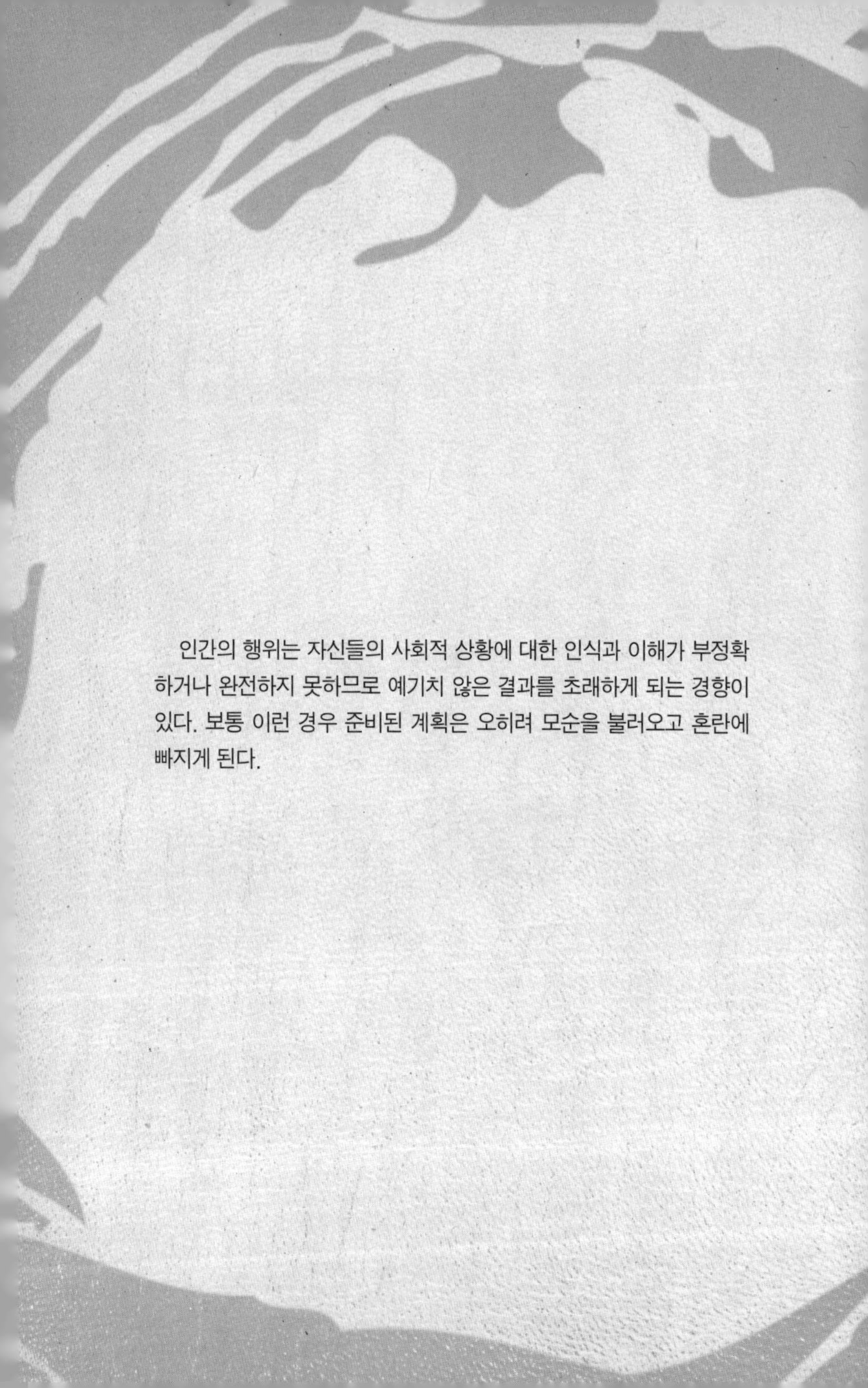

인간의 행위는 자신들의 사회적 상황에 대한 인식과 이해가 부정확하거나 완전하지 못하므로 예기치 않은 결과를 초래하게 되는 경향이 있다. 보통 이런 경우 준비된 계획은 오히려 모순을 불러오고 혼란에 빠지게 된다.

실험실에 들어선 천지운은 캐비닛을 열어 반쯤 구겨져 있는 여자를 꺼냈다.

"내가 많이 사랑해 줄게."

천지운은 여자의 얼굴을 쓰다듬더니 이마에 가볍게 키스를 했다.

이소라는 누군가 안으로 들어온 기척이 나자 조용히 눈을 감았다. 손발이 묶인 상태에서 발악해 봤자 상대를 자극할 뿐이다. 캐비닛 문이 열리며 밖으로 꺼내졌고 자신을 사랑해 주겠다는 말이 귓가를 간지럽혔다. 연인에게 들으면 달콤하겠지만 여자를 납치 감금한 자가 그런 소리를 하니 소름이 끼쳤다. 거기에 한술 더 떠 자신의 이마에 입까지 맞추자 이소라는 자신도 모르게 몸을 움직일 뻔했다.

'참아야 해. 기회가 생길 때까지.'

이소라는 상대의 목소리가 어제 밤 클럽에서 만났던 자와 같다는 것을 떠올렸다. 그러고 보니 자신이 있는 장소에 병원에서나 맡을 수 있는 소독약 냄새가 느껴졌다.

'진짜 의사가 맞긴 한 건가?'

스스로 신경외과 전문의라고 밝혔던 사내.

'혹시… 아냐. 아닐 거야.'

이소라는 불현듯 세상을 떠들썩하게 만들고 있는 블레이드 킬러가 떠올랐다. 여자의 몸을 조각조각 해부해 내다버리는 사이코 킬러. 그때 다시 사내의 목소리가 들려왔다.

"당신은 운이 무척 좋아. 보통은 하룻밤 유희로 끝나지만 당신은 오래오래 사랑해 줄게."

이소라는 자신도 모르게 마른침을 삼켰다. 혹 울대가 움직이는 걸 들키지 않았을까 불안했지만 다행히 상대가 눈치채진 못한 것 같았다.

'상황을 파악해야 돼.'

이소라는 조심스럽게 눈을 뜨기로 했다. 일단 뭐가 어떻게 돌아가는지 정도는 알고 있어야 판단을 내릴 수 있을 것 같왔다.

슬그머니 눈을 뜨던 이소라는 심장이 멎어버릴 것 같은 충격에 헛바람을 들이켰다.

"크크크. 역시 깨어 있었네?"

빨갛게 핏줄이 선 사내의 눈동자가 바로 코앞에서 자신을 바라보고 있었던 것이다.

"지금 뭐하는 거예요……."

이소라는 불안한 음성으로 사내를 바라봤다.

"정말 몰라서 묻는 거야?"

천지운은 생각보다 멍청한 여자라며 웃음을 흘렸다.

"살려주세요. 돈이 필요하다면 드릴게요."

이소라는 겁먹은 여자를 연기하며 애처로운 표정을 지었다.

"요즘 나를 블레이드 킬러라고 부른다지?"

천지운은 별로 숨길 생각이 없다는 듯 자신의 정체를 밝혔다.

'빌어먹을. 범인을 잡아도 모자랄 판에!'

이소라는 대한민국 검경이 그토록 잡고 싶어 하는 대상을 눈앞에 두고 오히려 먹잇감이 되어 있다는 사실에 몸을 부르르 떨었다. 설마설마 했지만 자신을 납치한 자가 진짜 블레이드 킬러라는 걸 알게 되자 심장이 차갑게 식어 내리며 몸이 부르르 떨렸다. 자신의 직업이 형사고 범죄자들을 상대한다곤 하지만 시퍼런 메스 앞에서 큰소릴 칠 정도로 강철심장을 지닌 건 아니었다.

"내 말을 잘 들으면 행복하게 해줄게. 하지만 알지?"

쓸데없는 짓을 벌였다간 바로 조각내겠다는 듯 메스를 들어 보이는 천지운이다. 이소라는 자신의 손과 발을 묶고 있는 게 전선을 묶는 타이임을 알게 되자 표정이 더욱 일그러졌다. 일반 끈이나 밧줄이라면 헐겁게 만들기라도 하겠지만 플라스틱 타이는 형사들도 수갑 대용으로 사용할 만큼 튼튼하고 질겼다.

─똑똑.

메스를 들고 장난을 치던 천지운은 실험실 밖에서 노크 소리가 들리자 고개를 돌렸다. 절망에 빠져 있던 이소라는 혹 병원 관계가가 아닐까 싶어 작은 희망을 걸었다. 그러나 기적은 없었다.

시간을 확인하던 천지운이 아무렇지도 않게 실험실 문을 연 것이다.

"정확히 10분이네. 하여간 대단해."

이소라는 블레이드 킬러에게 조력자가 있다는 사실에 또 한 번 놀라야 했다.

'혼자가 아니야?'

장기밀매 조직이라는 의견도 있었지만 사체가 발견될 때마다 사라진 장기는 하나도 없었다. 결국 그 의견을 사라졌고 해부에 미친 사이코패스라는 결론이 난 상태다. 하지만 서울은 물론이고 경기까지 수술용 메스를 손에 쥘 수 있는 사람의 숫자는 어마어마했다.

의사나 의대생들을 밀착 감시하지 않는 한 어떤 자가 블레이드 킬러인지 알아낼 방법이 없다는 뜻이었다. 거기다 힌트가 될 만한 증거도 절대 남기지 않는 치밀함까지 보이는 자니 수사가 진척될 리가 없었다.

그런데 그 치밀함이 혼자만의 것이 아니라 둘, 아니, 셋 이상의 조력자들이 있었기에 가능했다는걸 알게 된 것이다.

실험실 안으로 들어온 자들은 의사 가운에 수술 마스크를 착용하고 있어 얼굴을 알아보기가 어려웠다.

"저 여자야. 소중한 실험체니 조심해서 다뤄줘."

실험실 안으로 들어온 자들은 모두 셋. 그들은 시체를 집어넣는 검은 자루를 펼치더니 마취약을 준비했다.

'다시 정신을 잃게 되면…….'

이소라는 꿈 많은 자신의 인생이 여기서 끝이라는 생각이 들자 눈물이 주르륵 흘러나왔다. 조만간 자신도 신분을 알 수 없을 정도로 분해된 채 발견될 것이고 증거분석실로 보내질 것이다. 상상만으로도 끔찍한 미래였다.

“제발……”

이소라는 부질없는 부탁임을 알면서도 계속해서 살려 달라는 말만 흘러나왔다. 자신이 경찰인 것도 이들을 잡아야 하는 것도 지금은 중요치 않았다. 악마에게 영혼이라도 팔아서 이 상황을 모면하고 싶을 뿐이었다.

수술복 차림의 사내 한 명이 거즈에 약품을 묻히더니 천지운에게 건넸다.

이소라가 발보둥치며 반항을 시작하자 천지운이 걱정 말라는 듯 입을 열었다.

“괜찮아. 그냥 잠시 기절할 뿐이니까. 왜, 그거 있잖아. 개구리나 붕어 해부할 때 사용하는 거. 에테르라고 하는 약품인데 과하게 사용하면 코마상태가 될 수도 있지만 나는 전문가잖아. 잠시 의식만 잃게 할 테니까 협조하라고.”

“제발……”

“여기서 죽는 것보단 낫잖아.”

천지운은 킥킥거리며 이소라의 머리채를 움켜쥐더니 거즈로 입과 코를 막아버렸다. 이소라는 그 순간 엉뚱한 상상을 했다. 자신이 숨을 참을 수 있는 시간은 최대 2분 30초. 경찰대학에서 직접 재본 거니 시간은 확실했다. 평소보다 몸 상태가 정상이 아니니 시간이 줄어든다고 해도 1분 이상은 버틸 수 있을 것이다.

이소라는 거즈가 코와 입을 덮는 순간 숨을 멈췄다. 하지만 그대로 숨만 멈추고 있어선 상대를 속일 수 없다. 이소라는 마치 급하게 숨을 들이키는 사람처럼 가슴을 들썩였다. 흡입을 하지 않고 기절한 것처럼 꾸미려는 것이다.

한동안 몸부림치며 들썩이던 이소라가 점점 움직임이 잦아들었다. 천지운은 이소라의 움직임이 멈추자 한동안 거즈를 떼지 않고 있다가 확실히 정신을 잃었다고 판단이 들자 손을 뗐다.

'어지러워……'

다행히도 도박이 먹혀들어 정신을 잃는 것은 막아냈지만 코와 입에 묻은 약품을 완전히 배제시키진 못했다. 가늘게 숨을 쉬자 일부 흡입이 된 것이다.

'정신을… 정신을 놓쳐선 안 돼.'

이소라는 혀끝을 깨물어 피를 냈다. 몸에 자극을 주어 신경을 살려놓을 생각이다. 비릿한 맛이 입안에 감돌며 피가 흘러나왔다. 혀끝에서 시작된 통증이 머리를 쭈뼛거리게 만들었지만 덕분에 의식을 유지할 수 있게 되자 그나마 안도했다.

"옮겨. 나는 뒷정리하고 따로 가지."

사내들은 고개를 끄덕이더니 이소라를 시체자루에 담아 이동식 침대에 올려놓았다. 사내들이 출발을 하자 천지운은 실험실에 있던 수술도구들을 가방에 챙겨 넣었다. 호르몬제 실험이라곤 하지만 언젠간 폐기가 될 것이고 그냥 버리긴 아까우니 취미 생활을 즐길 생각이었다.

"사랑도 나누고, 돈도 벌고, 취미도 즐기고. 멋진 세상~"

천지운은 콧노래까지 흥얼거리며 취미 활동에 필요한 물품들을 챙기기 시작했다.

*　　*　　*

고주봉보다 먼저 카메라에 찍힌 인물을 선점하기 위해 달린 봉방규는 B—307호를 향해 더욱 속도를 높였다. 빠른 속도로 코너를 돌아 다음 블록으로 넘어가려던 봉방규는 갑작스레 나타난 이동침상에 부딪치고 말았다.

"으엇!"

텅!

철제 침상이 벽에 부딪치며 요란한 소리를 냈고 시체자루가 튕겨나가 바닥을 뒹굴었다. 봉방규 역시 충격을 이기지 못하고 바닥을 뒹굴었는데 바닥에 떨어진 시체자루와 엉키고서야 멈춰 섰다. 침상을 이동 중이던 수술복 차림의 세 남자는 잠시 동요를 일으켰지만 재빨리 시체자루를 침상에 올려놓고 다시 이동을 시작했다.

몸을 일으킨 봉방규는 미간을 찌푸렸다.

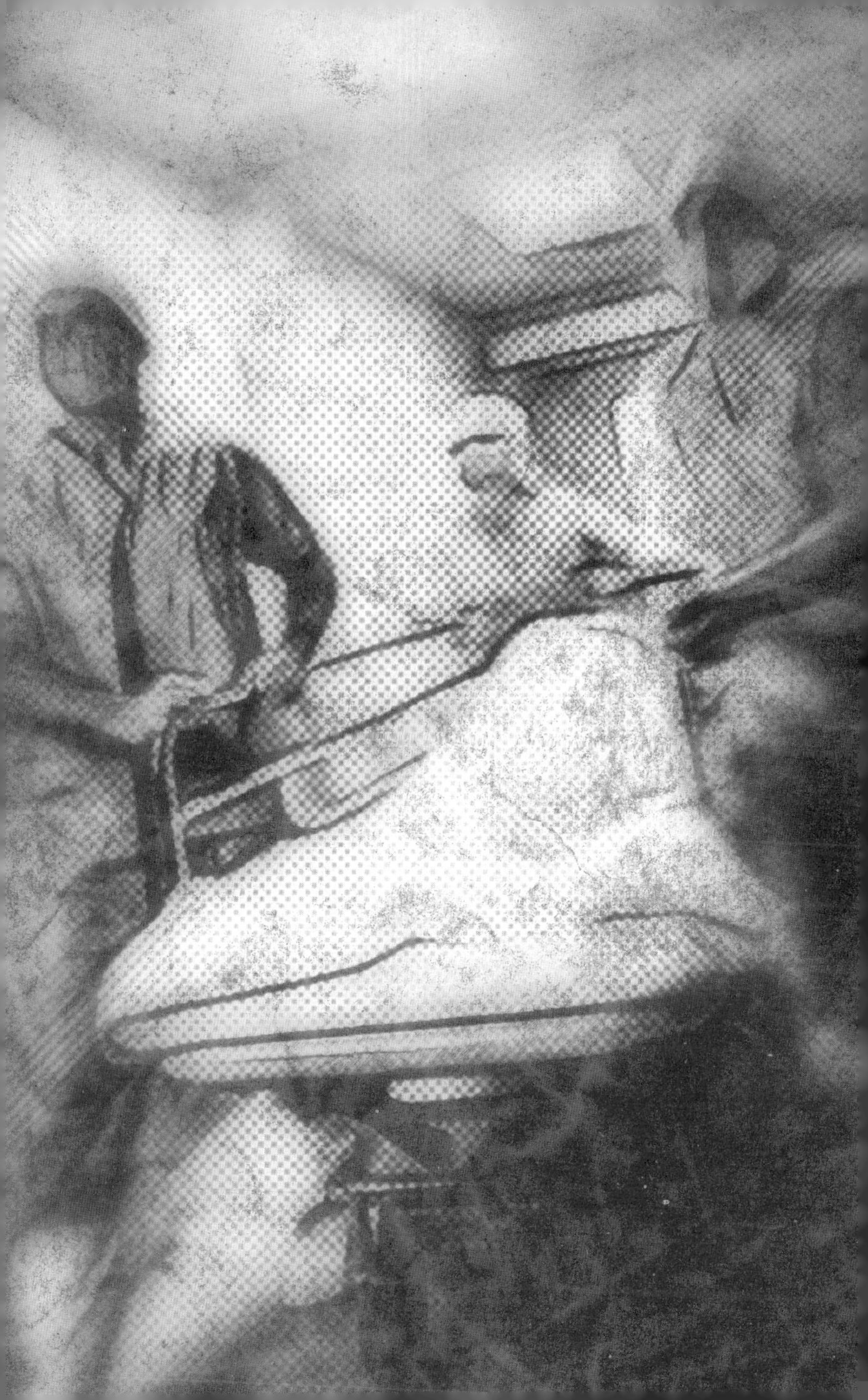

“으. 허리야.”

침상 귀퉁이에 옆구리를 찍혀 통증이 올라온 것이다.

“급한 마음에 죄송합니다. 어라?”

봉방규는 미안한 마음에 사과를 하려 했지만 이동 침상은 코너를 돌아 사라지고 있었다.

“저 사람들도 어지간히 급했나 보군.”

다시 B—307호를 향해 달려가던 봉방규는 급히 걸음을 멈췄다.

“뒤통수가 당기네…….”

이대로 실험실로 달려가면 크게 후회할 것 같은 기분에 봉방규는 이동 침상이 사라진 코너를 돌아봤다.

“젠장. 모르겠다!”

봉방규는 잠시 실험실 쪽을 바라보다가 자신이 왔던 곳으로 다시 뛰기 시작했다. 연구동은 환자가 입원을 하는 곳도 아니다. 실험실 쪽에서 수술복 차림의 의사들이 나타날 이유가 없다는 생각이 든 것이다.

이동 침상은 비상계단을 지나 화물 엘리베이터 앞에 멈춰 섰다. 잠시 뒤 엘리베이터 문이 열리고 이동 침상이 안으로 옮겨졌다.

“잠깐만!”

그때 뒤쫓아 온 봉방규가 손을 흔들며 잠시만 기다려 달라고 했다. 수술복 차림의 사내들은 봉방규를 발견하더니 급히 클로즈 버튼을 눌렀다. 이유는 알 수 없지만 왠지 소란이 일어날 것 같았기 때문이다.

"기다리라고!"

봉방규는 엘리베이터 문이 닫히기 시작하자 다급한 표정이 되었다. 어지간하면 기다려 줄 만도 한데 수술복 차림의 사내들은 열림 버튼을 누를 기미가 보이지 않았다.

봉방규는 뒤통수가 당기던 기분 나쁜 느낌이 맞아 떨어졌다는 생각이 들었다. B—307호 실험실과 관련된 자들이 분명했다. 죽을힘을 다해 달려온 봉방규는 엘리베이터 문이 닫히려는 순간 신발 앞부분을 끼워 넣었다.

막 문이 닫히려는 순간 이물질이 끼어들자 엘리베이터는 덜컹 소리를 내며 다시 문을 열기 시작했다.

"기다리라고 했지?"

봉방규는 '니들 다 죽었어!' 하는 표정으로 세 사람을 바라봤다. 수술복 차림의 세 남자는 서로 눈빛을 교환하더니 곧바로 공격에 나섰다. 숨을 할딱이며 지친 모습으로 나타난 봉방규 정도는 어렵지 않게 해치울 수 있을 것 같았다.

"헉헉. 네놈들 맞네."

봉방규는 주먹을 내지르는 사내들을 피해 허리를 꺾었지만 완전히 피하지 못해 입술이 터져 나갔다.

“젠장.”

봉방규는 혀끝으로 혹시 이빨이 나가지 않았는지 급히 확인하더니 입안에 고인 피를 뱉어냈다. 이 와중에도 몸 하나는 엄청 아끼는 봉방규다.

“큰일 날 뻔했네.”

봉방규는 이를 몇 차례 딱딱거리더니 자신을 때린 사내를 노려봤다.

“빨리!”

엘리베이터 안쪽에서 침상을 붙잡고 있던 사내가 뭐하냐는 듯 다른 두 명에게 지시를 내리자 침상 양옆에 붙어 공격하던 이들이 엘리베이터 밖으로 달려나왔다. 봉방규는 침상을 밖으로 끌어내려 했지만 양쪽에서 공격을 해오자 어쩔 수 없이 뒤로 물러서야 했다.

“제길!”

봉방규는 자신이 물러서자 곧바로 문이 닫히는 엘리베이터를 보며 신경질을 냈다.

“소란스러워지기 전에 빨리 끝내자고.”

“그래야지.”

봉방규는 숨을 고르며 자세를 바로 세웠다. 이런 일을 아무렇지도 않게 하는 놈들이라면 결코 평범하지는 않을 것이다. 자신이야말로 빨리 이들을 해치우고 이동 침상을 쫓아야 하니 정신 바짝 차려야 했다.

"와라!"

봉방규의 외침에 수술복 차림의 두 사내는 망설임없이 주먹을 뻗어왔다. 동작이 정확하고 스피드가 살아 있는 게 나름 몸을 쓸 줄 아는 놈들이다.

"비겁하게."

봉방규는 동시에 상대할 자신이 없다는 듯 다시 두 걸음 물러섰다.

"쳇."

두 사내는 봉방규의 움직임이 생각보다 재빨라 해치우기가 쉽지 않음을 느꼈다.

"잡아. 내가 마무리 지을 테니."

우측에 있던 사내가 입을 열자 다른 사내가 곧바로 태클을 시도했고 입을 열었던 사내는 봉방규 뒤쪽으로 이동했다. 그러나 봉방규는 이걸 기다렸다는 듯 허리춤에서 삼단봉을 꺼내 들더니 그대로 내질렀다.

"이거나 먹어라!"

빠지지직!

순간 전압 6만 볼트의 쇼크웨이브가 태클을 걸던 사내의 가슴에 충격을 줬고 '우아아악!' 하는 소리와 함께 사내가 쓰러지자 뒤에서 달려들던 사내는 화들짝 놀라 급히 물러섰다.

봉방규는 당황한 눈빛의 수술복 사내를 바라보더니 이빨이 드러나도록 웃음을 흘렸다.

"흐흐흐. 아가야. 빨리 끝내자."

수술복 사내는 몸을 돌려 도망을 치려 했지만 봉방규의 삼단봉이 쭉 늘어나면서 사내의 옆구리를 가격했다.

"어어억!"

잘 구워진 오징어처럼 몸을 배배 꼬던 사내는 연이어 삼단봉에 가격을 당하곤 쭉 늘어져 버렸다. 간헐적으로 몸을 덜덜거리긴 했지만 눈을 까뒤집은 게 완전히 맛이 가버린 것 같았다.

"자식들아. 여기가 미국이면 니들은 오늘 축 사망이셨어."

봉방규는 두 사람에겐 더 이상 용건이 없다는 듯 몸을 돌렸다.

"이제 한 놈 남았군."

봉방규가 엘리베이터 쪽으로 걸어가자 띵! 소리를 내며 문이 자동으로 열렸다. 먼저 도착한 자가 동료들을 태우기 위해 아래로 돌려보낸 것이다.

"호, 고맙기도 하셔라."

봉방규는 잘됐다는 듯 엘리베이터에 오르더니 바로 지하주차장으로 올라갔다.

*　　　*　　　*

　지하 실험동으로 내려온 고주봉은 곧바로 B—307호로 달려갔다. 앞서 봉방규가 달려가긴 했지만 먼저 갔다고 범인을 잡으라는 법은 없었다. 아니, 혹여 잡았다 해도 빼앗으면 그만이다. 물론 비아냥거림은 피할 수 없겠지만 최소한 의뢰비용은 건질 수 있을 것이다.

　둘 다 가질 수 있다면 좋겠지만 그게 어렵다면 쿨하게 비아냥거림 정도는 받아 줄 생각은 있었다.

　"이틀 동안 들어간 돈이 얼만데!"

　고주봉은 실험실 문을 벌컥 열어젖혔다.

　"누구야?"

　물품을 다 챙기고 막 나가려던 천지운 앞에 정체불명의 사내가 나타났다.

　"누구겠냐?"

　고주봉은 봉방규가 보이지 않는 게 이상하긴 했지만 영상에 찍혔던 그자임을 확인하자 망설임없이 주먹을 내질렀다. 물론 영상에 찍힌 것만으로 상대가 범인이라고 단정할 수는 없지만 그땐 사과하고 보상하면 되는 것이다.

　"경찰이냐?"

　천지운은 주먹을 피해 물러서면서 수술대 위에 있던 외과용 판 톱을 집어 들었다.

"알아서 자수해 주시네."

경찰이냐고 묻는 천지운의 질문에 고주봉은 제대로 찾아왔음을 알아차렸다. 그렇다면 봐주고 말고 할 필요가 없다.

"그것참. 예전 기억이 오버랩 되네. 좋게 말할 때 그거 내려놓고 납치한 여자 어디 있는지 불어라."

천지운이 들고 있는 수술용 톱을 바라보자 2년 전 미스 황과 인연을 맺게 됐던 날이 떠오른 것이다.

"크크크. 웃기고 있네. 그런데 왜 혼자냐?"

경찰들은 이인 일조. 각자의 파트너가 있다. 그런데 고주봉 혼자서 나타난 것이다.

"뒤에 잘 따라오고 있으니 걱정 마라."

"크크크. 겁도 없이."

천지운은 궁지에 몰려 있음에도 전혀 걱정이 되지 않는지 오히려 웃음을 흘렸다.

"너 뭐냐? 지금 상황이 이해가 안 돼?"

고주봉은 진짜 미친놈이란 생각에 처음과 달리 조심스런 표정이 되었다. 저 죽는 것도 모르고 마구잡이로 덤벼드는 놈들은 숨이 끊어지기 전까지 발악을 하는 경우가 많았기 때문이다. 대부분 그런 상황에 난전이 벌어지면 백이면 백 다치게 된다.

나쁜 놈이니 당연히 잡아야겠지만 자신의 몸이 상하면서

까지 무리하고 싶은 생각은 없었다. 자신이 아니어도 이놈 잡겠다고 달려오는 놈들이 얼마나 많은가 말이다.

"진정하자."

"왜 겁나?"

천지운은 톱은 물론이고 가슴뼈를 자르는 쏘우(Saw:톱)까지 꺼내 들었다.

"직쏘 죽고 쏘우 시리즈 한물 간 지가 언젠데 그걸 빼 들고 그러냐?"

고주봉은 웃자고 한 소리였지만 천지운에겐 재수없게 보였나 보다. 블레이드에 톱날이 달린 쏘우가 고주봉의 이마 한복판을 가르고 지나갔다. 재빨리 고개를 젖히긴 했지만 천지운의 공격이 얼마나 빨랐는지 표피가 긁히면서 이마에 빨간 줄이 새겨졌다.

"뭐… 뭐야?"

고주봉은 천지운의 움직임이 예상을 넘어서자 몸의 털들이 쭈뼛거리며 차렷하는 느낌을 받았다.

"어라? 이걸 피해?"

놀라긴 천지운도 마찬가지였다. 자신의 신경반응은 범인의 세 배를 넘나들었다. 무리해서 움직이면 근육이 파열되기도 하지만 메스나 쏘우처럼 날카로운 무기를 사용할 땐 어렵지 않게 대상을 조각낼 수 있었다.

“내가 할 말이다! 너 뭐야?”

고주봉은 천지운이 혼잣말을 중얼거리는 사이 벌써 실험실 밖으로 나가 있었다. 경이적인 후퇴 속도였다.

“너도 그들과 만난거야?”

“그들?”

고주봉은 무슨 소린지 모르겠다는 듯 천지운을 바라봤다.

“그랬잖아!”

“뭔 헛소리야.”

“나만이 할 수 있다고 해놓고 그랬단 말이지!”

천지운의 눈이 희번덕거리며 재수없는 빛을 뿜어냈다. 전형적으로 미친 분들이 보여주는 바로 그 눈빛이다.

“아, 왜 안 오는 거야!”

실험실 밖으로 걸어 나오는 천지운의 모습에 고주봉은 마음이 급해졌다. 이대로 자리를 피하자니 밖에 괴물을 풀어놓는 셈이 될 것 같고, 그렇다고 혼자서 막아내자니 껄끄러웠다. 고주봉의 애원이 통했는지 뒤쪽에서 발걸음 소리가 들려왔다.

“너 이제 끝났어! 총 가진 사람 왔다.”

고주봉은 쏘우 들고 설쳐 봤자 총 앞에선 안 될 거라며 히죽거렸다.

“킬킬킬. 겨우 총 따위로 뭘 어쩌겠다고?”

“엉?”

천지운의 반응에 고주봉은 ‘이게 아닌데’ 하는 표정이 되었다. 마치 총 따위는 자신에게 아무런 피해도 줄 수 없다는 듯 말하는 폼이 ‘진짜’ 그럴지도 모른단 생각이 든 것이다.

“저자인가요?”

김하림 검사는 고주봉과 대치중인 천지운을 발견했다.

“확실히 맞는 것 같은데 좀 이상하다.”

“이상하다뇨?”

“미친 걸 넘어서서 과대망상도 가지고 있는 것 같아서.”

“이제 우리가 마무리 지을게요. 물러서요.”

김하림은 천지운을 독 안에 쥐라 생각했는지 고주봉 앞으로 걸어 나갔다. 아니, 나가려 했다.

“잠깐.”

“왜요?”

“총 빼야지.”

“네?”

김하림은 겨우 수술도구 하나 들고 있을 뿐인데 무슨 총까지 빼느냐는 듯 고주봉을 바라봤다.

“걱정 말아요. 순순히 수갑 차게 만들 테니까요.”

“사람 말 좀 들어라! 총 빼라고.”

김하림은 고주봉이 정색까지 해 가며 총을 찾자 슬쩍 겁이

났다.

“뺐어요.”

“공포탄 치워.”

“네?”

김하림은 마치 총을 쏴야 할 것처럼 말하는 고주봉의 말에 잠시 고민스런 표정이 되었다. 자칫하면 범인을 잡는다 해도 과잉대응으로 문제가 될 수 있었다.

“내 이마 보이지?”

“네. 그건 왜?”

“자세히 봐!”

김하림은 고주봉 이마를 살펴보다 실선 하나를 발견했다.

“긁혔어요?”

“아니. 저 자식이 쏘우로 내 머리를 따려고 했다.”

“쏘우? 영화에 나오는…….”

김하림은 과거 인기를 얻었던 호러영화 쏘우를 떠올리며 천지운의 손을 바라봤다. 한손엔 메스 비슷한 걸 들고 있고 다른 한 손에 톱이다.

“아, 저 톱이…….”

“아니, 반대쪽.”

“아. 네.”

두 사람의 대화를 재미있다는 듯 듣고 있던 천지운이 입을
열었다.

"다 모인 건가?"

천지운은 두 사람 뒤로 형사로 보이는 남자들과 여자 한 명
이 길을 막고 있자 올 사람 있으면 더 기다려 줄 수 있다는 듯
여유를 부렸다.

"확실히 좀 이상하네요."

김하림은 여유만만한 천지운의 태도에 공포탄을 제거했
다. 마치 오늘 이곳에 나타난 사람들은 모두 죽일 것처럼 이
야기하고 있었다. 그럴 리는 없겠지만 만에 하나 발악을 하다
누군가 다치느니 고주봉 말대로 팔이나 다리를 쏴버리는 게
좋을 것 같았다.

"김 검사."

"네."

"나 믿지?"

"…뭐 대충은."

김하림은 선뜻 대답하기 힘들다는 듯 말을 흐렸다.

"이번엔 믿어라."

"그러죠."

"그럼 쏴."

"……"

"지금 안 쏘면 기회가 없을 것 같거든."

"혹시… 오늘도 현실감 없어지는 날인가요?"

"뭐?"

"아니요."

뒤에서 고주봉의 말을 듣고 있던 미스 황이 앞으로 걸어 나오며 김하림을 향해 소리를 질렀다.

"김하림! 여자들을 조각내 죽인 놈이야!"

미스 황의 외침에 천지운이 킥킥거리며 웃음을 터뜨렸다

"그게 뭐 대단한 일이라고. 쏠 테면 쏴보시지. 검사님."

"에잇!"

머뭇거리며 쏠까 말까 망설이던 김하림은 블레이드 킬러가 어떤 지인지 떠올리며 결국 방아쇠를 당겨 버렸다 위험을 자초하느니 다리에 총알이라도 한 방 박아놓고 제압하기로 결정한 것이다.

빵!

좁은 지하 통로에서 총이 발사되자 소리가 쩌렁쩌렁 울렸고 고주봉의 입에선 낭패스런 음성이 흘러나왔다.

"빌어먹을!"

고주봉은 총이 발사되는 순간만 기다리며 기회를 노리고 있었다. 눈이 쫓을 수 없을 정도로 빠른 움직임이라면 가까운 거리에서 총을 쏜다고 해도 충분히 피할 수 있을 거라 판단했다. 김하림의 손가락이 방아쇠에 걸리고 공이가 장약을 터뜨리는 순간, 총알을 피하기 위해 천지운이 움직이면 그 틈을 노려 공격을 해볼 심산이었다. 그러나 그런 고주봉의 생각을 훤히 알고 있기라도 한 것처럼 천지운은 총이 발사되려는 순간 오히려 앞으로 튀어 나왔다. 선수를 친 것이다.

천지운의 다리를 조준하고 있던 총은 갑작스런 움직임을 잡지 못해 총알이 빗나가 버렸고 오른손에 들려 있던 톱이 휘잉 소리를 내며 고주봉의 목을 노렸다. 눈 깜짝할 새 공격할 기회를 놓쳐 버린 고주봉은 필사적으로 물러서며 목이 잘리는 걸 피해냈다.

"역시 이번에도 피하네."

천지운은 그럴 줄 알았다는 듯 킬킬거렸다.

"타앗!"

상황이 갑작스럽게 돌아가자 미스 황 역시 몸을 움직였다. 천지운의 움직임이 보통 인간에 비해 월등하기는 했지만 자신 역시 평범함을 벗어난 힘을 갖고 있었다.

천지운은 자신을 향해 달려드는 미스 황을 향해 톱을 던져 버렸다. 양팔로 막을까 했던 미스 황은 거금을 들여 새로 장만한 팔에 상처가 날 수도 있다는 생각이 들자 막기보단 피하는 걸 선택했고 그것이 실수로 이어졌다. 천지운이 그 틈을 놓치지 않고 김하림을 잡아챈 것이다. 날카로운 쏘우가 김하림의 경동맥 위에 턱 하니 걸쳐지자 고주봉과 미스 황은 움직임을 멈춰야 했다.

미처 대응할 기회도 주지 않는 천지운의 엄청난 운동신경에 두 사람은 잠시 할 말을 잃었다. 말 그대로 눈 깜짝할 새 김하림을 놓쳐 버린 것이다.

"내가 유리해진 것 같은데."

천지운은 쏘우를 바짝 들이대며 덤벼보라는 제스처를 취했다.

"마음 같아선 다 죽여 버리고 싶지만, 날 기다리는 여자가 있어서 말이지. 놀이는 다음에 다시 이어가자고."

천지운은 김하림의 목을 조이면서 고주봉을 바라봤다.

"그동안 애용하던 공간이야. 이것저것 뒤적거리면 증거 정도는 나오지 않겠어? 다들 들어가 봐."

"여기서 빠져나갈 수 있을 것 같아? 밖은 이미 경찰들로 포위됐어."

"그런가? 뭐 혼자 죽지는 않을 테니까."

천지운은 쏘우로 김하림의 목줄기를 길게 그었다.

타봉 탐정사 직원들과 미스 황이 크게 놀랐지만 고주봉은 눈 하나 깜짝하지 않았다.

"그러시든지."

김하림은 맘대로 해보라는 고주봉의 말에 얼굴이 하얗게
질렸다. 방금 전 목을 가르고 지나가는 서늘한 느낌에 오줌을
지릴 지경인데 죽일 테면 죽이라니!

"내가 못 죽일 것 같아?"

"뭐, 어차피 김 검사 혼자 죽는 건 아니니까."

고주봉은 자신의 발아래 떨어져 있는 김하림의 권총을 집
어 들었다.

"내가 저 여자 검사처럼 어설플 거라 생각지는 말아라."

고주봉은 총구를 천지운의 머리에 겨냥했다.

"권총의 명중률이 형편없다곤 하지만 그거야 거리가 어느
정도 떨어져 있을 때 이야기고 지금처럼 코앞에서 쏴대면 백
발백중이지. 안 그래?"

고주봉은 성큼성큼 다가가 총구를 천지운의 이마에 가져
다 붙였다. 천지운은 설마 하는 생각에 물러설 기회를 놓쳤다
가 총구에 머리를 내놓은 꼴이 되 버렸다.

"무슨 짓을 했는지 모르지만 네 반사신경은 확실히 놀라운
정도다. 하지만 뇌까지 팡팡 돌아가게 만들진 못한 모양이
지?"

"무슨 소릴 하는 거냐."

천지운은 쏘우를 잡은 손에 힘을 주며 고주봉을 노려봤다.

"쯧쯧쯧."

고주봉은 한심하다는 듯 고개를 젓더니 총구를 내렸다.

고주봉의 행동에 천지운은 물론이고 지켜보던 이들까지 '어' 하는 소리를 냈다. 그러나 고주봉은 그런 것엔 관심도 없다는 듯 자신의 입을 천지운 귓가에 가져다댔다.

"그렇잖아. 머리가 잘 돌아가는 놈이었으면 여기서 나를 상대하느니 경찰들 사이에서 도망가는 걸 선택했겠지."

천지운과 고주봉을 바라보는 미스 황이나 타봉 탐정사 직원들은 긴장감 때문에 식은땀이 줄줄 흘러내렸다. 눈 깜짝할 새 김하림 검사가 살인마에게 잡히는가 싶더니 어느새 그 살인마의 이마에 총구가 들이대졌고 그렇게 기회를 잡았나 싶었는데 다시 총을 내려 버렸다. 그리고 그 상태로 귓속말이라니.

"지금 머릿속이 복잡할 거야. 분명히 인질 때문이라도 길을 열어줬어야 하는데 그렇게 안 됐거든."

"하지만 여전히 여자는 내 손에 있지. 말랑말랑한 피부가 아주 감질나."

천지운은 김하림 검사의 귀를 핥으며 쏠 테면 쏘라고 했다. 고주봉과 똑같은 전략을 취한 것이다. 김하림은 귓속에 거머리라도 달라붙은 듯 몸을 부르르 떨었다.

"너 생각보다 영리하구나."

고주봉은 자신의 도발에도 전혀 흔들리지 않는 천지운의

모습에 결국 뒤로 물러섰다.

"내가 널 공격이라도 할 줄 알았나 보지?"

"그랬지."

"잠시 고민은 했었지만 결과가 좋지 않더란 말이지."

"아쉽군."

고주봉이 총을 내렸던 것은 김하림의 목에 붙어 있는 쏘우를 잠시라도 떼어내기 위해서였다. 아무리 쏘우가 흉기라지만 찔러서 사람을 죽이기엔 길이가 어설펐다. 목을 지나는 동맥만 다치지 않는다면 당장 목숨에 위협을 받지는 않는 것이다. 하지만 고주봉의 생각을 잘 알고 있다는 듯 고주봉이 총을 내리고 무방비 상태로 목을 내밀어도 섣불리 움직이지 않은 것이다.

천지운은 다시 실험실을 가리켰다.

"이 아가씨 얼굴에 그림이라도 그려야 말을 들을 건가?"

"들어가지."

고주봉은 아쉽지만 당장은 방법이 없다는 듯 일행을 데리고 실험실 안으로 들어갔다.

"크헤헤헤. 잘난 척하기는. 다음에 만나면 절대 실수하지 않고 뚜껑을 열어주마."

천지운은 고주봉의 이마에 난 실선을 가리키며 한참을 웃어댔다.

“기대하지.”

“뭐 기대까지야. 그런데 오늘은 더 보고 싶지 않거든.”

천지운은 김하림 검사의 어깨에 쏘우로 상처를 냈다.

“으윽!”

“봤지? 얼굴 보일 때마다 구멍 하나씩이다.”

천지운은 김하림의 목을 잡고 천천히 뒷걸음치더니 통로 사이로 모습을 감췄다.

*　　*　　*

봉방규는 엘리베이터가 지하주차장에 도착하자 삼단봉을 빼 들고 곧바로 달려나갔다. 놈이 납치된 여자를 데리고 사라지기 전에 잡아야 했다.

“이동침상?”

봉방규는 엘리베이터 앞에 버려진 침상을 발견하자 바로 주변을 살폈다. 여자를 들고 가진 않았을 것이고 근처에 차량이 있을 것이다. 놈을 찾기 위해 움직이려던 봉방규는 등을 파고드는 섬뜩한 느낌에 헛바람을 들이켰다.

푹!

“윽…….”

순간적으로 다리에 힘이 빠졌지만 여기서 멈칫거렸다간

몸 안에 들어온 칼날이 허파를 휘저을 것이다. 봉방규는 앞으로 튀어나가며 등을 파고들었던 흉기가 빠져나오게 만들었다.

울컥.

등 뒤에서 검붉은 핏물이 뿜어져 나왔다.

'빌어먹을 콩팥이 다친 건가?

"여기까지는 운 좋게 따라 왔다만."

수술복 차림에 마스크를 쓰고 있던 사내가 봉방규 뒤쪽에서 모습을 드러냈다. 그럴 리 없다 생각했지만 만에 하나 봉방규가 동료들을 해치고 올라올 것에 대비했다. 이동침상을 앞쪽에 놓아두고 시체자루만 챙겨 엘리베이터 옆 비상구 계단에 숨어 있었던 것이다.

아니길 바랐지만 모습을 나타낸 것은 봉방규였고 기회를 노리고 있던 사내는 망설임없이 등에 칼을 꽂아 넣었다.

"망할……."

비틀거리며 몇 걸음 물러선 봉방규는 놈의 주도면밀한 태도에 아쉬운 표정이 되었다. 조금만 조심했어도 이렇게 비틀거릴 일은 없었을 것이다.

'흥분은 금물이라고 그렇게 떠들어놓고 이게 무슨 꼴이냐… 이게 다 고주봉 그 자식 때문이야.'

고주봉과 경쟁만 하지 않았어도 차분히 주변을 둘러보며

움직였을 것이다. 하지만 한걸음이라도 빨리 이 일을 선점할 생각에 냉정함을 잃은 것이다.

사내는 단번에 숨통을 끊어놓겠다는 듯 회칼을 좌우로 움직이며 봉방규의 갈빗대 아래를 노렸다. 늑막을 뚫고 허파에 바람을 집어넣으면 피거품이 차올라 바로 질식사로 이어진다.

"뜻대로 될 것 같으냐!"

봉방규는 어림도 없다는 듯 왼팔을 들어 올렸다. 사내의 칼끝이 팔뚝을 가르며 가슴까지 밀고 들어왔다. 칼 쓰는 재주가 부족하다면 팔 근육에 박히고 말았겠지만 놈은 프로 이상의 힘을 보였다.

"크악!"

봉방규는 사내의 칼날이 근육에 물리면서 멈추는 순간 사력을 다해 삼단봉을 휘둘렀다. 이번 기회를 놓치면 파란만장한 봉방규의 인생을 이걸로 끝장이었다.

"약은 수를 부리는군."

바로 숨통을 끊지는 못했지만 지금 상태로도 봉방규는 충분히 최악의 상태였다. 사내는 무리할 생각이 없다는 듯 칼자루를 놓고 뒤로 물러섰다. 삼단봉이 헛되이 허공을 가르자 봉방규의 얼굴에 절망감이 드리워졌다.

"젠장……."

"임기응변이 좋아. 아래 있는 놈들이 당할 만도 했겠어."

사내는 핏물이 튀고 칼날이 사람 몸을 가르는 데도 전혀 흥분하는 기색이 없었다. 처음부터 끝까지 아무 일도 없었다는 것처럼 단조롭게 무료한 음색.

"크… 나보다 나이도 많이 보이는데, 쿨럭. 세네."

봉방규는 수술용 두건과 마스크 사이로 주름진 눈과 희끗한 머리카락을 보며 마른기침을 토해냈다.

"마무리하지."

사내는 바닥에 쓰러져 있는 봉방규에게 다가가 삼단봉을 걷어차고 칼자루를 움켜쥐었다.

쓰으윽.

듣기 거북한 마찰음과 함께 다시 핏물이 튀며 붉게 물든 칼날이 뽑혀 나왔다.

"킥킥킥."

봉방규는 자신의 피를 가득 머금은 회칼을 올려다보며 허탈한 웃음을 보였다.

"원래 마지막은 허탈한 법이다."

사내는 칼끝을 봉방규의 가슴에 댔다. 그리고 천천히 느릿하게 살을 파고들기 시작했다.

"크으으. 그냥 찔러!"

갈비뼈 사이를 파고드는 회칼의 서늘한 느낌. 그리고 생살을 도려내는 고통에 비명을 질렀다.

"쉬잇."

사내는 손가락으로 자신의 입을 막으며 눈가에 자잘한 주름을 잡았다. 웃고 있는 것이다.

"잔인한 새끼……."

봉방규는 회칼에 압력이 점점 강해지자 입안에 고인 침을 사내의 얼굴에 뱉어냈다.

"퉤앳!"

사내는 흠칫하며 고개를 돌렸고 그 순간 봉방규의 오른손이 허리춤으로 이동했다. 짧은 순간이었지만 생사를 가르기엔 충분히 넘쳤던 시간. 사내의 고개가 다시 자신에게 향하는 순간 허리춤에서 빼든 스턴건이 푸르스름한 불꽃을 토해냈다.

"썅! 같이 죽자!"

사내의 몸에 전극에 닿는 순간 봉방규 역시 쇼크를 받으며 물고기처럼 몸이 튀어 올랐다.

"크윽!"

"커억!"

사내는 봉방규를 밀쳐내며 급히 몸을 떨어뜨렸다.

"방심했군……."

사내는 몸 곳곳에 마비가 오는지 힘겹게 몸을 일으켰다. 마음 같아선 심장 깊숙이 칼을 쑤셔 넣고 싶었지만 봉방규가 스턴건을 쥐고 있는 이상 다가가기가 꺼려졌다.

"어차피 죽을 테니."

이미 적잖게 출혈이 이어지고 있었다. 자신이 아니더라고 조만간 심장이 멈출 것이다.

"일이 이 지경이면 천지운도 문제가 생겼겠군."

사내는 몸의 경직이 어느 정도 풀리자 비상계단으로 걸어 갔다. 그러나 병원 곳곳에 경찰 사이렌 소리가 울려 퍼지자 아쉬운 눈빛으로 시체자루를 바라봤다. 대상이야 다시 구하 면 그만이지만 경찰들에게 둘러싸였다간 빠져나가기 어려울 것이다.

"일이 꼬이는군. 경찰들 능력으론 천지운을 찾아낼 방법이 없었을 텐데……."

사내는 미리 준비한 구급차량으로 이동하더니 시동을 걸 고 주차장을 빠져나갔다.

"빌어먹을… 저 자식이 무슨 소릴 지껄이는 거야……."

피를 줄줄 흘리며 과다출혈 심장 쇼크사를 기다리고 있던 봉방규는 그 외중에도 사내가 중얼거린 말들에 귀가 솔깃해 졌다. 죽음을 앞두고도 직업병은 어쩔 수 없는 모양이다.

"눈이 안 보이네……."

봉방규는 눈앞이 흐릿해지며 현기증이 몰려오자 점점 의 식을 잃어갔다.

*   *   *

살아 있는 졸병이 죽은 황제보다 훨씬 가치가 있다고 말했던 나폴레옹은 결국 황제의 죽음을 택했다.

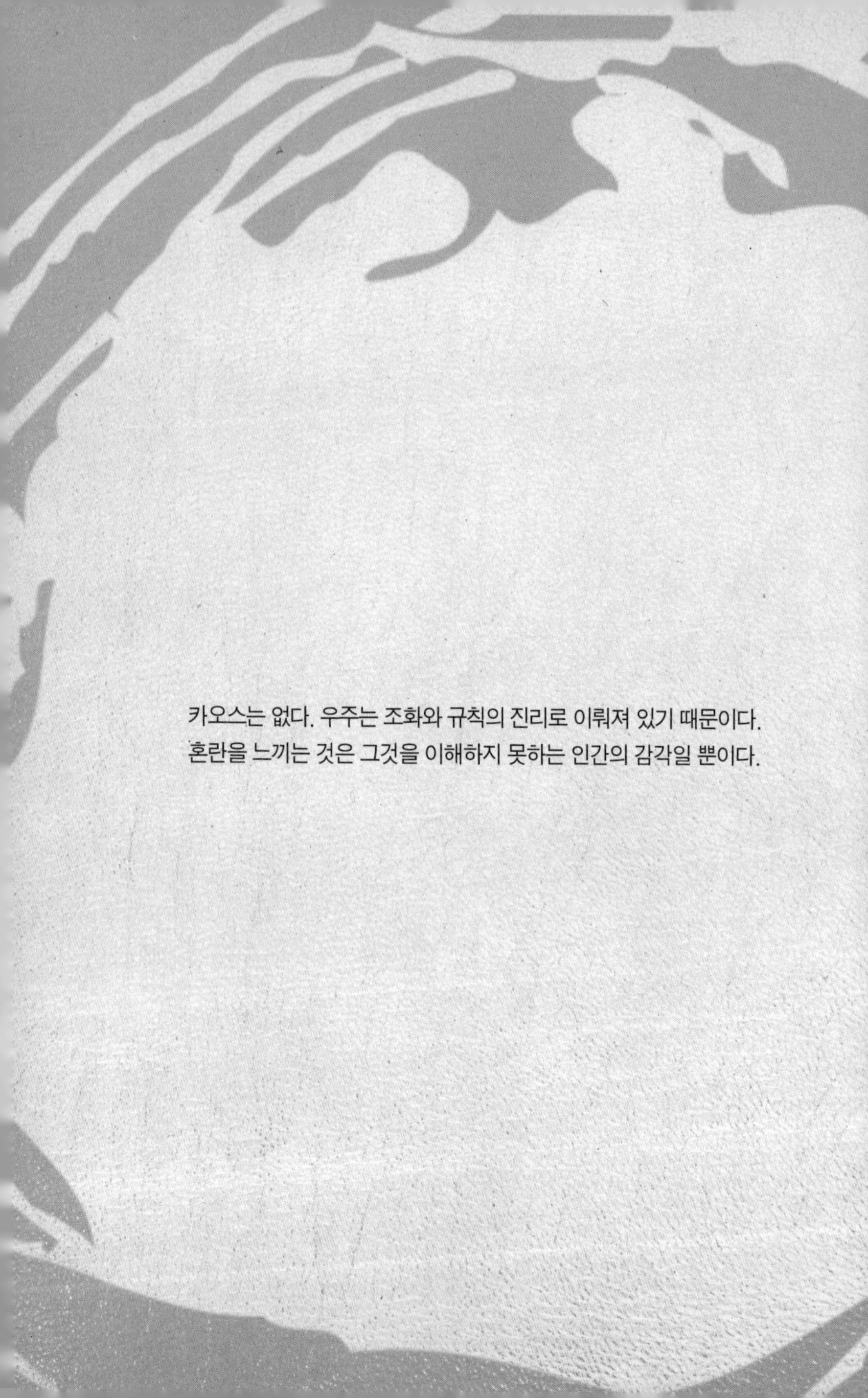

카오스는 없다. 우주는 조화와 규칙의 진리로 이뤄져 있기 때문이다.
혼란을 느끼는 것은 그것을 이해하지 못하는 인간의 감각일 뿐이다.

　검찰과 경찰은 최대한 정보를 차단했지만 매스컴은 연일 요란스럽게 사건을 보도했다. 블레이드 킬러라 알려진 살인 자의 신상이 드러났고 공개수배가 떨어졌다. 이번 사건을 지 휘한 검사가 살인자의 칼에 크게 다쳐 병원에 입원했다는 소 식이 이어졌고 그 과정에 검사를 돕던 사람의 목숨이 위태롭 다는 소식도 전해졌다. 거기다 피해자가 될 뻔했다가 구출된 대상이 현직 경찰이었다는 소식이 전해지자 검찰과 경찰의 위신은 더 이상 떨어질 곳이 없을 때까지 추락했다. 대한민국 공권력은 꿀 먹은 벙어리처럼 입을 다물고 냉가슴을 앓아야

했다. 그나마 다행이라면 블레이드 킬러가 모습을 감추면서
연쇄살인도 멈췄다는 점이다.

*　　*　　*

봉방규를 발견했을 당시 거의 시체나 다름없는 상태였기
때문에 의사들은 너 나 할 것 없이 고개를 저었다. 그러나 보
호자를 자처한 고주봉의 강력한 요구에 따라 호흡기를 붙인
채 겨우 숨만 붙여놓은 상태였다.

타봉 탐정사는 봉방규가 쓰러지고 나서 거의 영업정지 상
태였고 봉 센터 역시 고주봉이 밖으로 두문불출하자 거의 일
이 돌아가지 않고 있었다. 신 영감과 미스 황이 봉 센터를 지
키고 있기는 했지만 정작 결정권을 가진 고주봉이 자리를 비
우니 개점휴업이나 마찬가지였다.

납치되었다 살아난 이소라는 한동안 안정을 위해 입원했
지만 상태가 호전되자 경찰 품위를 손상시켰단 이유로 바로
징계를 받았다. 봉방규가 자신 때문에 죽음직전까지 몰렸다
는 사실을 알게 되자 아예 휴직계를 제출한 이소라는 병실에
서 살다시피 했다.

이번 사건의 담당검사이자 천지운에게 끌려갔던 김하림은
팔목 혈관이 끊어졌다. 경찰들의 추격을 늦추기 위해 쏘우로

김하림의 팔목을 그어 길에 던져 버린 것이다. 몇몇 발 빠른 수사관이 뒤를 쫓았지만 병원을 빠져나간 천지운은 종적을 감춰 버렸다. 그나마 김하림은 범인의 은신처를 밝혀내고 신상을 알아낸 것을 정상참작하여 징계는 면했지만 사건에서 물러나야 했다. 수사관들과 경찰들을 동원해 철저한 검거 작전을 펼쳤어야 했음에도 급하게 움직인 것이 문제점으로 지적된 것이다. 거기다 모든 일이 언론에 노출되면서 그녀의 검사 경력에 큰 흠집이 나버렸다. 아무리 법조계 아버지를 두고 있다곤 하지만 검사로 성공하기는 어렵게 된 것이다.

병실 문이 열리자 봉방규의 얼굴을 닦아주고 있던 이소라가 고개를 놀렸다.

"오셨어요."

고주봉은 고개를 끄덕이더니 병상 근처로 다가왔다. 가습기에서 흘러나오는 증기가 까칠하게 갈라진 입술과 얼굴을 촉촉이 적시고 있지만 봉방규의 안색은 여전히 파리했고 피부는 푸석했다.

"멍청한 인간."

고주봉은 병실에 들어올 때마다 첫 마디를 욕으로 시작했다. 이소라는 너무하는 것 아니냐며 몇 차례 따지고 들었지만 이젠 그러려니 하는 표정이다. 고주봉의 욕이 미워서라기보다 애증에 가깝다는 걸 알았기 때문이다.

"깨어날 수 있을까요?"

"깨어나야지. 이대로 죽었다간 내가 가만두지 않을 테니까."

고주봉의 말에 이소라는 제발 그랬으면 좋겠다고 했다. 다른 사람들에겐 모르겠지만 봉방규는 생명의 은인이었다. 그리고 자신 때문에 목숨을 잃을지도 모르는 상황이니 봉방규가 깨어나길 누구보다 더 간절히 빌었다.

"천지운의 행적은 어떤가요?"

"나라가 들썩일 정도로 검경이 총동원됐지만 흔적을 찾을 수가 없다."

"봉 센터의 힘으로도 어려운가요?"

이번에 천지운의 행적을 찾아낸 것이 봉 센터임을 알고 있는 이소라다.

"찾았으면 내 손에 죽었다."

고주봉은 이마를 만지작거리며 신경질적으로 말을 뱉었다.

"공범의 흔적도 마찬가지겠죠?"

"CCTV에 찍힌 내용을 확인했지만 수술복으로 얼굴을 가리고 있어서 정체를 알지 못하는 상태지. 거기다 멍청한 경찰들 때문에 봉방규 저 인간이 잡아놓은 놈들까지 놓쳐 버렸으니."

경찰들이 엘리베이터 앞에 쓰러져 있던 사내들을 발견했지만 누군가 갑자기 공격을 해왔다는 말에 피해를 입은 병원 관계자로 생각하고 방심을 한 것이다. 결국 블레이드 킬러와 관련된 자들은 한 놈도 잡지 못했다.

"들어가서 좀 쉬는 게 좋을 것 같은데."

고주봉은 눈 밑이 까맣게 죽어 피곤이 가득한 이소라에게 휴식을 권했다.

"아니요. 이곳이 편해요."

이소라는 자리를 비울 생각이 없다며 고개를 저어 버렸다.

"혼자 적적하지 않아?"

"아니요. 곽 반장님도 종종 들러주세요."

고주봉은 알아서 하라는 듯 고개를 끄덕였다.

"나는 알아볼게 있어서 센터로 들어간다. 변화가 생기면 연락해 줘."

"네. 그럴게요."

고주봉은 길게 한숨을 내쉬더니 자리를 떴다.

센터로 돌아온 고주봉은 신 영감을 찾았다.

"얼굴 잊어 먹겠다."

"부탁한 것은 어떻게 됐습니까?"

"그게 쉽지가 않다."

신 영감은 코끝을 찡그렸다.

"대단한 해킹을 하자는 것도 아니고 메일의 발신자를 찾자는 겁니다."

"누가 몰라서 이러냐. 개인 PC를 메일서버로 만들어 사용한 것 같은데 너도 알다시피 이런 식의 메일주소는 개나 소나 다 만들어 쓸 수 있단 말이다. 거기다 언제든 없애 버릴 수도 있고. 천지운이 받은 메일들은 매번 새롭게 개설과 삭제를 반복해서 컴퓨터의 신이 온다고 해도 알아낼 방법이 없다. 그나마 메일이 삭제되기 전에 주소라도 건진 게 다행일 정도야."

신 영감은 답답한 마음은 알지만 자신도 막막하기는 마찬가지라고 했다.

"내용도 복구가 불가능합니까?"

"복구하고 말고가 없다. 그 사이코 놈들만 사용하는 해독기가 따로 있는 모양이야. 소스 코드를 알지 못하니 메일 내용을 알아볼 수가 없다. 이건 암호 풀 듯이 숫자 몇 개 알아내는 것과는 차원이 다른 이야기야. 세상에 존재하는 모든 문자열을 맞춰 볼 수도 없고."

"영감님은 도대체 할 줄 아는 게 뭡니까?"

"이놈 말하는 것 좀 보게?"

"빌어먹을."

고주봉이 애꿎은 컴퓨터를 내려치자 신 영감이 버럭 소리를 질렀다.

"왜 남의 자식을 패고 지랄이야. 성질을 부리고 싶으면 네 방 가서 해."

"갑니다. 가요."

고주봉은 한숨을 푹푹 내쉬더니 자신의 방으로 돌아갔다.

"센터장님. 닥터 햄튼에게 문의한 내용이 도착했습니다."

미스 황은 커피 한 잔과 함께 문서 꾸러미를 내려놨다.

"그래?"

고주봉은 기다리고 있었다는 듯 문서를 집어 들더니 바로 내용을 확인했다. 절대 정상이라고 볼 수 없던 천지운의 반사 신경에 대해 임의로 인간의 신경 조작이 가능한지 문의를 했었다. 물론 공학자인 햄튼에게 직접 물은 것은 아니고 그의 인맥을 동원한 것이다.

곁에서 함께 내용을 확인하던 미스 황이 자신이 들고 있던 문서를 고주봉에게 내밀었다.

"여기 좀 보시겠어요?"

고주봉은 미스 황이 내민 문서를 받아 들었다.

"불가능은 아닌가 보군."

고주봉은 이마를 만지작거리며 문서를 내려놨다.

“하지만 여기 적힌 내용은 이론에 불과한데요.”

미스 황은 천지운이 무슨 수로 이걸 현실화했겠냐는 듯 고개를 갸우뚱거렸다.

“블레이드 킬러.”

“네?”

“놈이 했던 짓들.”

“신경계 조작을 위해서 피해자들을 실험체로 썼다는 말인가요?”

“현재로서는 가장 근접한 답이지.”

“그럼 단순히 인간 해부에 미친 살인마가 아니라…….”

“그래. 천지운 한 명이 아니야. 봉방규를 그 지경으로 만든 자도 이 일과 관련되어 있을 거야. 아니, 어쩌면 그래서 봉방규가 당할 수밖에 없었는지도 모르지. 평소엔 행동이 둔해 보이지만 그놈이 얼마나 노력파인지 잘 알잖아. 주먹 좀 쓴다는 놈들도 서넛은 충분히 상대할 수 있을 정도로 수련해 왔다고.”

미스 황은 걱정스런 얼굴이 되었다.

“평소엔 그렇게 무시하시더니 제임스 대표 말처럼 라이벌로 인정하고 있었던 거예요?”

고주봉은 미스 황의 말에 얼굴을 찡그렸다.

“인정은 무슨. 망할 놈이 살인마 잡는 것까지 경쟁으로 생각하는 바람에 이 지경이 된 거잖아."

"그거야 센터장님도 만만치 않았던 것 같은데."

고주봉은 중요한 이야기하는데 쓸데없는 소리 그만하라며 손을 내저었다.

"하던 이야기나 마저 하지."

"그러죠. 센터장님 말대로 살인에 미친 사이코 짓이 아니라 의도적으로 살인을 가장해 인체실험을 하고 있는 거라면."

"거기다 보통 사람들보다 반사 신경이 족히 두세 배는 빠르고 정확한 자들이지."

고주봉은 의심할 여지가 없다고 했다. 거기다 이런 실험이 단순히 해부 좀 해봤다고 성공할 수 있는 것도 아닐 것이다. 이미 상당한 데이터가 축적되어 있을 것이고 그것을 확인하기 위해 임상에 가까운 실험을 했을 것이다.

"진짜 미친 자들이지. 아니, 멀쩡한 정신에 아무렇지도 않게 미친 짓을 하는 부류 쪽이려나."

고주봉의 말에 미스 황은 오한이 드는지 가볍게 몸을 떨었다.

"영감탱이가 메일 내용이라도 분석할 수 있으면 도움이 될 것 같은데. 분명히 주고받은 메일 속에 우리가 궁금해하는 것들이 적혀 있을 것 같단 말이야."

“안 되는 건 빨리 포기하는 게 정신 건강에 이로워요.”

미스 황은 메일에 대한 부분은 잊어버리라고 했다.

“레이 상태는?”

“요즘은 수도승같이 행동하고 있어요.”

“완전히 진을 빼놓고 싶지만. 이쯤에서 끝내야 할지도 모르겠군.”

“풀어줄 생각인가요?”

“레이 정도면 충분히 쓸 만한 무기지.”

“제어가 된다면 그렇겠죠.”

미스 황의 말에 고주봉 역시 그게 문제라는 듯 미간을 찡그렸다. 아직도 레이가 스스로 걸었다는 암시가 무엇인지 알 수도 없었고 더 심각한 문제는 레이 스스로 풀어보고자 노력했지만 이미 수차례 실패로 돌아갔다는 점이다. 스스로도 풀지 못할 암시를 걸었다는 게 자꾸만 찜찜했다.

“일단 면담이라도 해보자고.”

고주봉은 자리를 털고 일어나더니 레이가 있는 방으로 이동했다.

*　　　*　　　*

권 검사는 역사가 느껴지는 전통 한옥집에 도착했다. 드디어 어르신이 직접적으로 관심을 보이신 것이다. 집사의 안내를 받아 정원에 들어선 권 검사는 대나무 평상에 앉아 있는 노인 앞으로 걸어갔다.

"강녕하셨습니까."

"권 검사 왔군."

"네. 부르셨다고 들었습니다."

"녹차라도 한 잔 하겠나?"

"주시면 감사히 마시겠습니다."

집사는 노인의 손짓에 고개를 숙이고 물러갔다.

"앉게."

"네. 어르신."

집사가 차를 내올 때까지 조용히 바람을 쐬던 노인이 입을 열었다.

"이번에 봉 센터에서 사용한 방법을 정확히 설명해 보게나."

김하림 검사를 통해 검찰 쪽 자료를 넘겨준 것과 곳곳에 카메라를 설치해 블레이드 킬러의 흔적을 찾아낸 부분까지 봉 센터가 벌였던 일을 자세히 설명했다.

"자네는 봉 센터가 탐나지?"

권 검사는 노인의 말에 곧바로 대답하지 못했다. 질문의 의도를 명확히 알 수 없었기 때문이다.

“봉 센터의 운영 방식은 파악했나?”

“곳곳에 독립적으로 운영 중인 흥신소나 심부름센터를 조합으로 묶었습니다.”

“국정원이 자료를 건네줬나 보군.”

“네. 어르신. 덕분에 봉 센터가 어떻게 그 방대한 정보를 얻을 수 있었는지 알게 됐습니다.”

“다시 묻겠네. 봉 센터가 탐이 나는가?”

“솔직히 말씀드리면… 갖고 싶습니다.”

권 검사는 전국에 깔려 있는 정보업체들을 하나로 통합한 봉 센터만 있다면 많은 일을 할 수 있다고 믿었다.

“주지.”

“네?”

마치 어린아이 손에 사탕을 쥐어주듯 봉 센터를 주겠다는 노인의 말에 권 검사는 자신도 모르게 반문을 했다.

“왜 싫은가?”

“아… 아닙니다. 어르신이 도와주신다면.”

“봉 센터를 손에 넣으면 무슨 일을 할 텐가.”

먼 산을 바라보듯 시선을 흩뜨리고 있던 노인이 처음으로 권 검사를 바라봤다.

“어르신이 원하시는 대로 쓰일 것입니다.”

“입에 발린 소리는 됐네. 복수를 하고 싶지?”

노인은 이미 다 알고 있다는 듯 복수란 단어를 꺼냈다.

"알고 계셨습니까."

"나는 상대의 욕망을 읽어낼 수가 있네."

"……."

"그 욕망에 맞춰 선물을 주는 것도 좋아하지."

"어르신……."

권 검사는 노인이 두려운 듯 고개를 들지 못했다.

"그리고 언제든 그것을 빼앗아 올 수도 있음을 명심하게."

"무… 물론입니다."

"바쁠 텐데 그만 가보게."

노인은 오수라도 즐길 생각인지 평상에 등을 붙이고 누워버렸다. 권 검사는 조심스럽게 인사를 올리고 정원을 빠져나갔다.

"사람들은 참 재미있단 말이지. 돈을 쥐어주면 세상을 다 살 것처럼 굴고, 총을 쥐어주면 쏘고 싶어서 안달을 해. 그렇지 않은가, 공 집사?"

"저 같은 것이 뭘 알겠습니까."

찻잔을 치우러 온 집사가 대답했다.

"스스로 알지 못한다는 것을 깨닫기도 어려운 법이라네."

"오늘따라 농이 많으십니다. 기분 좋은 일이라도 있으십니까?"

하늘을 올려다보며 생각에 잠겨 있던 노인의 입에서 이름 하나가 흘러나왔다.

"신지원."

"처음 들어보는 이름입니다."

"오랜 지기라네."

"어르신의 지기라면 저도 어느 정도 알지 않습니까."

공 집사는 아무리 생각해도 들어본 적이 없는지 고개를 갸웃거렸다.

"말했지 않나. 아주 오랜 지기라고."

"그런 분이 계셨군요."

노인은 작게 고개를 끄덕였다.

"쉬어야겠네."

"네. 어르신."

공 집사는 자신 때문에 노인의 휴식이 방해라도 받을까 조심스럽게 자리를 피했다.

"자네가 그런 곳에 숨어 있을 줄은 생각도 못했다네."

하늘을 바라보던 노인은 눈빛 속에 복잡한 감정을 담아냈다. 마치 옛 기억을 더듬어 올라가는 사람처럼.

*　　*　　*

고주봉은 레이에게 최근에 있었던 사건을 이야기해 줬다. 마치 어린아이에게 옛날이야기라도 하는 것처럼 주저리주저리 늘어놓는 식이었지만 곳곳에 감정이 듬뿍 담긴 어투였다.

"제임스가 안 됐군. 깨어나겠어?"

"깨워야지."

"둘이 사이가 좋지 않았다고 알고 있는데."

레이는 이번 기회에 인연을 끝내는 것도 나쁘지 않다며 그냥 두라고 했다.

"제임스가 깨어나면 그 말 꼭 전해주지."

"전해줄 것까지야."

레이는 그냥 농담이었다며 잊어버리라고 했다.

"답답하지 않아?"

"답답하지."

"내보내 주지."

"그 말 진짜냐?"

레이는 피식 웃어버렸다.

"두 가지만 약속해."

"오호, 농담이 아닌가 보네."

매트리스에 몸을 기대로 있던 레이는 자세를 바로 했다.

"약속부터 해."

"내용도 모르고 계약서 쓰는 사람도 있나?"

"일단 왼쪽 사타구니에 넣어둔 물건 토해내고."

"……."

"일반인들을 대상으로 생체 실험을 하는 놈들을 잡는 데 도움 좀 줘."

"첫 번째는 패스. 두 번째는 재미있어 보이니 오케이."

"그럼 영원히 이 안에서 살든가. 어느 정도 파악이 끝났겠지만 여긴 빠삐용이 와도 탈출 못하는 곳이야."

"친구의 재물을 탐하지 말라는 성경 말씀도 모르는 놈."

"그런 말이 성경에 적혀 있다는 것 자체가 금시초문이다."

"이걸 건드리는 순간, 너도 마피아 애들과 영원히 지지고 볶아야 하는데?"

"역시 빼돌린 비자금 내역이었군."

고주봉은 대충 예상했다는 듯 고개를 끄덕였다.

"확실히 해. 이 돈 건드리는 순간 둘이 한배 타는 거야."

"이미 남의 배에 올라탄 놈이 이제 와 한배는 무슨."

"이 돈이면 네가 가진 배 만 척 정도는 우습게 사고도 남아돌 거다."

레이는 돈의 규모가 장난이 아니라고 했다.

"어디에 있는데?"

"케이먼 군도 비밀금고에 무기명 채권으로 고이 모셔 놨다."

“금액은?”

“총 4억 달러다.”

4억 달러면 한화로 4천300억이 넘는 돈이다. 고주봉은 자신도 모르게 휘파람을 불었다.

“엄청나군. 잠비노가 미쳐 날뛸 만해.”

“10% 주지. 4천만 달러다.”

레이는 이 정도면 만족하겠냐는 듯 고주봉을 바라봤다.

“어차피 죽으면 끝이잖아.”

“누가? 내가?”

“여기서 못 나가면 그냥 끝이라니까 말을 못 알아듣네.”

“…….”

레이는 지금 뭐하는 짓이냐며 고주봉을 노려봤다.

“절반.”

고주봉은 협상불가에 50%를 이야기했다.

“날강도가 따로 없군.”

“50%라 해도 죽을 때까지 써도 남아돌 거다.”

“자유와 평화. 그리고 풍족한 식사.”

“제공하지.”

고주봉은 그 정도는 당연히 해줘야지 않겠냐며 고개를 끄덕였다.

“좋아. 일단 스테이크부터 한 접시 내와.”

레이는 성의를 보이라는 듯 음식부터 요구했다.

"계산부터 끝내야지. 케이먼 군도에 전화부터 해."

고주봉은 계산만 확실히 해주면 스테이크에 금가루라도 뿌려주겠다는 듯 손을 싹싹 비벼댔다.

"내가 왜 너를 찾아왔을까."

레이는 한국을 도주 장소로 선택한 자신이 미워 죽겠다는 듯 울상을 지었다.

'나도 그게 가장 궁금하다. 그대로 숨어버려도 충분히 도망칠 수 있었을 텐데 왜 여길 온 거냐.'

고주봉은 공돈이 생긴 건 나쁘진 않지만 여전히 레이에게 걸려 있는 암시가 신경 쓰였다. 처음엔 스스로 최면을 걸었다는 것에 그럴 수도 있겠다 싶었지만 자기 최면을 인지하고도 암시를 풀지 못하는 것은 상당히 심각한 문제였다.

생체실험을 일삼는 살인자 집단 때문에 어쩔 수 없이 도움을 받고자 풀어주지만 자칫 걸어 다니는 폭탄이 될까 은근히 신경이 쓰였다.

'언제 기회를 봐서 나에게 맡겨보라고 해야겠군.'

고주봉은 설득을 하거나 방심을 유도해서라도 레이의 머릿속에 숨어 있는 목적을 알아내겠다고 마음먹었다.

＊　　＊　　＊

마키아벨리즘은 속임수의 기술을 용인하고, 나아가 군주
가 이 덕목에 적극적일 것을 요구한다. 군주가 가져야 할 지
배의 덕목은 군중을 속이는 것이다.

CHAPTER 09
이제 어쩔 거냐?

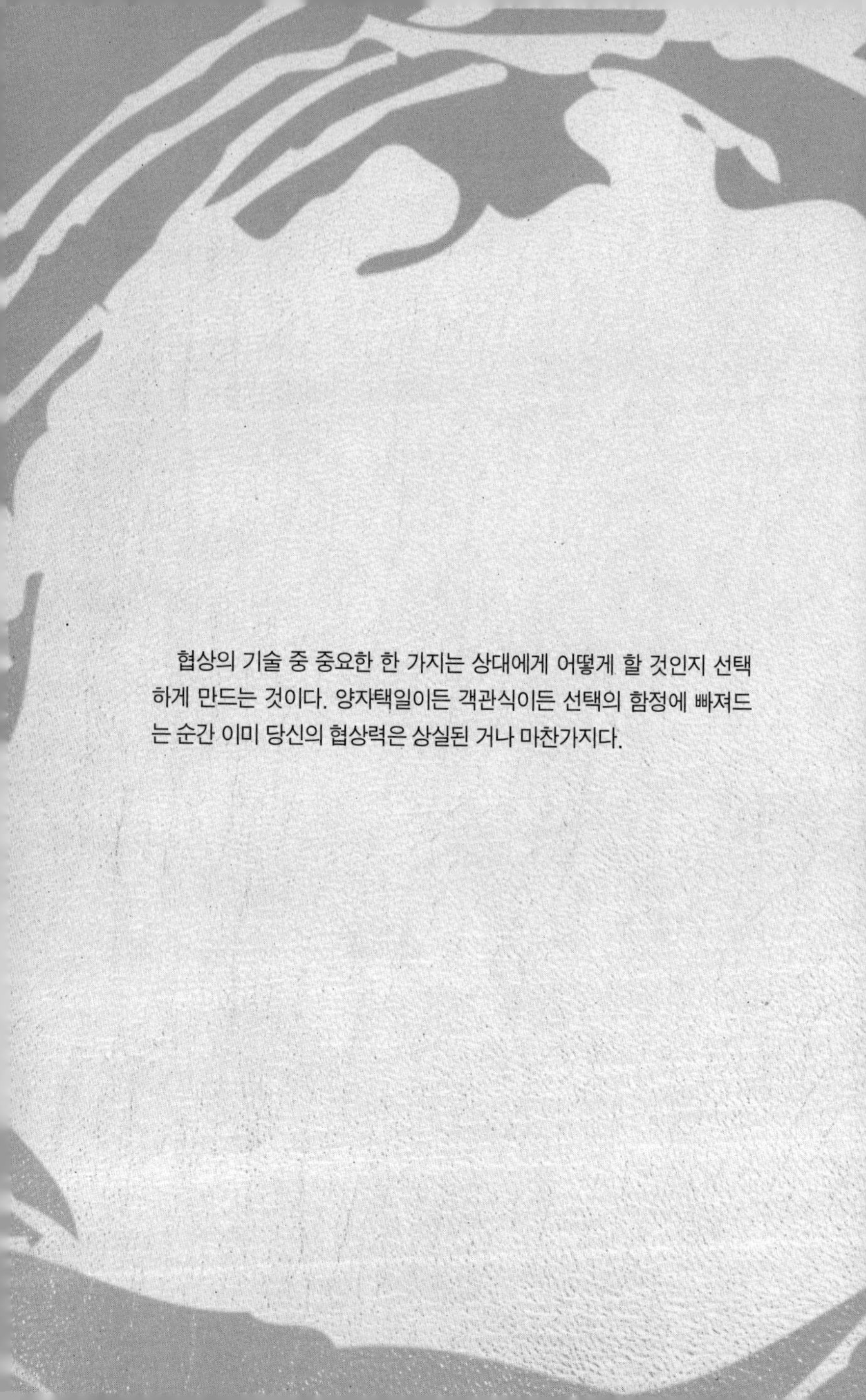

협상의 기술 중 중요한 한 가지는 상대에게 어떻게 할 것인지 선택하게 만드는 것이다. 양자택일이든 객관식이든 선택의 함정에 빠져드는 순간 이미 당신의 협상력은 상실된 거나 마찬가지다.

케이먼 군도의 비자금을 토해낸 레이는 쓰린 속을 달래기 위해 1++등급의 한우를 흡입하듯 씹어 삼켰다. 그 모습을 신경질적으로 바라보고 있던 신 영감이 결국 참지 못하고 입을 열었다.

"망할 놈아. 고기가 입으로 들어가냐?"

"그랜파. 외국인 혐오증이라도 있습니까? 왜 나만 보면 욕입니까?"

레이는 신 영감의 태도를 이해할 수 없다는 듯 고개를 갸웃거렸다.

“그걸 몰라서 물어?”

“오, 나는 점성술사가 아닙니다. 말해주지 않으면 모릅니다.”

“물어내.”

“뭘 뭅니까?”

“수리비 물어내라고!”

“무슨 말인지 모르겠습니다. 그랜파. 자세히 설명해 주시기 바랍니다.”

레이는 갑자기 찾아와 수리비 운운하는 신 영감을 보며 어리둥절한 표정을 지었다.

“내 금쪽같은 집을 부서 먹었잖아.”

“제가 말입니까?”

레이는 자신이 언제 집을 망가뜨렸냐며 오히려 반문했다.

“네놈 총질 때문에 큐브 한 동이 지저분해졌고 수류탄 투척으로 두 동은 반파됐다. 그것뿐인 줄 알아? 네놈이 달고 온 혹들이 CS탄을 쏴서 넣는 바람에 대청소를 해야 할 판이야.”

“…….”

“왜 말이 없어?”

“이게 집이었습니까?”

레이는 콘크리트 구조물이 어떻게 집이라 부를 수 있냐며 인정할 수 없다는 표정을 지었다.

“못 내놓겠다 이거지?”

신 영감이 레이의 접시를 빼앗으며 으르렁거렸다.

“쳇. 그깟 시멘트 덩어리 얼마나 한다고. 줍니다. 줘요. How much?”

“진즉에 그럴 것이지. 어디 보자.”

신 영감이 레이의 입에서 수리비를 내놓겠다는 말이 나오자 그제야 표정이 밝아졌다. 안경을 밀어 올리며 소요비용을 살펴보던 신 영감은 스마트폰 계산기까지 동원해 비용을 산출했다.

“총 삼억 육천오백이십삼만 원이다. 3만 원은 에누리 쳐줄 테니 바로 처리해 줘.”

“그랜파.”

“왜?”

“장난이죠?”

“너는 내가 장난이나 칠 나이로 보이냐?”

“그 돈이면 집을 한 채 짓겠습니다.”

레이는 말도 안 되는 금액이라며 포크를 내던졌다.

“하여간 양놈이 버릇도 없어. 어디 어른 앞에서 땡깡이야!”

신 영감은 바닥에 떨어진 포크를 집어 들더니 탁자 위에 올려놨다.

“말이 안 되잖아요! 그깟 콘크리트 조각 좀 냈다고 삼억 육

천이라니!"

"삼억 육천오백이십삼만 원."

"하여튼!"

레이는 인정할 수 없다며 고개를 돌려 버렸다.

"그래? 뭐 어쩔 수 없지."

레이는 신 영감이 길게 한숨을 내쉬자 '저건 또 무슨 상황?' 하는 표정이 되었다.

"너도 알다시피 이 집은 그냥 집이 아니다. 알지?"

"뭐 그거야……."

레이도 그건 확실히 알고 있다. 봉 센터가 기이한 구조로 만들어져 있다는 것은 이미 경험했으니 말이다.

"여기서 문제."

"문제? 퀘스천?"

"그래. 문제를 낼 테니 한번 생각해 봐."

"들어보죠."

레이는 질문 정도야 얼마든지 들어주겠다는 듯 자세를 바꿨다.

"네놈이 콘크리트 덩어리라 부르는 큐브 공간을 움직이는 데 뭐가 필요할까?"

"나도 모르죠. 엔지니어도 아니고. 뭐 일단 전기는 필요해 보입니다만."

레이는 시큰둥한 표정을 지었다.

"주택 지하에는 총 27개의 큐브가 있고 그 큐브들은 조작에 따라 계속해서 위치가 바뀌지."

"오~ 그렇습니까? 신기하군요."

"그런데 하나라도 문제가 생기면 그게 골치가 아파."

"흠. 그래서요?"

"파손이 생긴 큐브동이 이동에 방해가 되는 거지."

신 영감의 말에 레이의 표정이 살짝 어두워졌다. 수리비가 높게 청구된 이유를 대충 눈치챈 것이다.

"그런가요……."

"그렇지. 그래서 수리를 할 때마다 손도 많이 가고 돈도 많이 깨져."

"그러게, 지하를 왜 그렇게 만들어놔서……."

레이는 관리하기 편하게 만들지 왜 사서 고생을 하냐는 듯 신 영감을 바라봤다.

"어쩌겠나. 이미 그렇게 만들어놓은 것을."

"아무리 그래도 그 비용을 다 내놓으라는 것은……."

레이는 적당한 가격에 합의를 보자는 듯 한발 물러섰다.

"자네 쫓기는 중이라지?"

"그건 그렇습니다만."

"여기만큼 안전한 곳이 있다면 그리로 가게."

“네?”

레이는 봉 센터에서 나가라는 신 영감의 말에 그런 게 어디 있냐는 표정이다.

“봉 센터를 운영하는 것은 고주봉이지만 여기 집주인은 나거든.”

“……”

“다시 말해 고주봉이 이곳 세입자라는 말이고 나는 언제든 다 쫓아낼 수 있는 위치에 있다는 의미지.”

“그랜파……”

“세입자를 위해서라도 집 관리를 철저히 해야 하는데 엎혀서 살겠다는 놈이 오리발을 내밀면 어떻게 될까?”

신 영감은 수리비 청구서를 레이 앞에 내려놓으며 결정하라고 했다. 돈을 내고 안전한 곳에서 지내든지. 아니면 그 돈으로 집을 지어서 나가든지 말이다.

“존도 알고 있습니까?”

“고주봉이라고 별수 있을까 봐? 집에 관련해서는 내가 갑이야. 을 믿고 까불다간 병(丙) 취급 당할 수도 있다는 걸 알아야지. 병은 사람 취급 못 받는 거 잘 알고 있지?”

“……”

“하지만 내가 세입자 등골 빼는 악덕주인도 아니고 해서……”

레이는 신 영감이 뭔가 여지를 줄 듯하자 눈을 반짝거렸다.

"고주봉에게 얹혀사느니 아예 나와 계약을 하는 게 어떻겠나?"

"계약을 하자는 말은……."

"병 취급 당하지 말고 을이 되라는 거지. 정식으로 세입자가 되면 눈치 볼 것도 없고 좋지 않나."

레이는 고주봉 눈치 볼 것 없이 편히 지내라는 신 영감의 말에 귀가 솔깃해졌다.

"그래도 되는 겁니까?"

"당연하지. 봉 센터가 사용하는 큐브는 모두 3동이고 나머지는 그때그때 임대하는 형식이네. 사실 미스 황이 사용하는 경리실도 고주봉과는 관계가 없어. 나와 직접 계약한 공간이란 말이지. 을과 병 관계에 얽히지 말고 이번 기회에 독립을 하게나. 자네도 알다시피 이곳의 안정성은 이미 경험을 했지 않나."

신 영감은 이 보다 좋은 조건이 있으면 나와보라는 듯 큰소리쳤다.

"그렇기도 하지만 입주비용도 만만치 않을 것 같은데……."

"비용을 따지면 아무것도 못하지. 그리고 정식으로 세입자가 되지 못하면 자네 방은 여전히 콘크리트 공간으로 끝날 걸

세. 취향에 맞는 인테리어나 생활공간을 갖는 건 물 건너가는 거지. 왜냐고? 집주인인 내가 절대 허락하지 않을 테니까. 솔직히 고주봉 그놈이 자넬 위해 딱히 돈을 지불할 것 같지도 않고. 안 그런가?"

"그러니까. 지금 상태로 지낸다면 제가 갇혀 있던……."

"그래. 활동의 자유는 얻었을지 모르지만 거주의 풍요로움은 물 건너가는 거지."

"헐……."

레이는 뭐 이런 경우가 다 있냐며 따지고 싶었지만 청구서 옆에 입주 계약서를 확인하는 순간 신 영감의 손을 덥석 붙잡았다.

"그랜파. 저는 처음부터 그랜파가 좋았답니다."

수리비 청구내역이 3억 6천이 넘어가는데 입주 계약에 들어가는 비용은 달랑 2억이었다. 거기다 입주자 임의에 따라 인테리어 공사 가능이라는 문구까지 명확히 기재되어 있으니 고민할 이유가 없어진 것이다. 거기다 가장 마음에 드는 조항은 큐브가 완파되지 않는 이상 수리는 주인이 책임진다는 문구였다.

"말했지 않나. 세입자에게 친절한 주인이라고. 자자, 여기에 사인만 하면 자네가 원하는 대로 지낼 수 있네."

"당장 해야죠. 사실 존에게 얹혀 지내야 한다는 게 꺼림칙

했는데 오히려 잘됐습니다.”

“그럼그럼. 그래, 몇 동이나 쓰겠나?”

몇 동을 쓰겠냐는 신 영감의 말에 레이는 잠시 고민을 했다.

“일단 리빙룸은 필수일 테고. 방음 상태는 어떻습니까?”

“완벽하지. 옆에서 총질을 해도 모기 소리만큼이나 될까?”

“그렇다면 개인 사격장도 하나 만드는 게 좋겠군요.”

“사격장이라. 그렇다면 창고도 하나 필요하겠는 걸? 개인 장비나 무기를 관리할 장소도 필요할 것 같은데.”

“하하하. 척하면 척이네요.”

레이는 당연히 필요하다며 고개를 끄덕였다.

“어디 보자, 그럼 최소 세 동은 필요하겠고 그중에 사격장으로 쓸 큐브는 최소 두 동을 연결해야 총질하는 거리가 나올 것 같은데. 합이 네 동이군. 어떻게 계약하겠나?”

“거주의 풍요를 위해서!”

레이는 신 영감이 건네준 펜으로 거침없이 사인을 했다.

“어디 보자. 큐브 한 동당 2억이니 총 8억이고 월세는 400이 되겠네.”

“얼마요?”

“세는 선금으로 받고 있으니 총 8억 400만 원이네.”

“……”

"이 사람 너무 좋아서 할 말을 잃었군. 계좌는 계약서에 적혀 있으니 오늘 중으로 부탁함세."

신 영감은 계약서 한 부를 챙겨 들더니 뒤도 돌아보지 않고 나가 버렸다.

"그랜파!"

레이는 이게 뭔 소리냐며 소리를 질렀지만 굳게 닫힌 벽은 꼼짝도 하지 않았다.

희희낙락하며 들어서는 신 영감 모습에 고주봉이 한마디 했다.

"애 데리고 사기 치면 좋습니까?"

"사기는 무슨. 내가 없는 소리 한 것도 아니고."

신 영감은 괜한 소리 한다며 콧방귀를 날렸다.

"완파가 되는 경우를 제외하곤 수리는 집주인 몫 아닙니까."

"그거야 세입자에게 해당하는 거지. 레이는 외부인이니 수리비 청구는 당연한 거다."

뭔가 이상하긴 한데 신 영감의 말에도 일리가 있다 생각했는지 이번엔 고주봉도 별말을 못했다.

"그런데 돈도 많다는 놈이 왜 이렇게 짠지 몰라."

레이가 마피아 비자금을 가지고 있다는 걸 듣자마자 쫓아갔던 신 영감이다.

"레이가 먹는 것과 돈에 좀 집착이 심하긴 하죠."

고주봉은 그 잠깐 사이에 8억이 넘는 돈을 빼앗긴 레이가 한심하긴 했지만 레이를 위해 따로 큐브 계약을 하지 않아도 된다는 점에 있어선 마음에 들었다.

"덕분에 돈 굳었습니다."

"나야 누구 돈이든 받으면 그만이니까."

이유야 어찌 됐든 서로 윈―윈 했다는 생각에 두 사람은 마주 보며 킬킬거렸다.

"그나저나 이제 어쩔 거냐?"

"어쩌긴요. 그놈들 기어이 찾아내서 한 방 먹여야죠."

"미스 황 이야기 들어보니 평범한 놈들이 아니던데."

신 영감은 지금 상태로 가능하겠냔 표정을 지었다.

"마음 같아선 힘을 쓰고 싶지만, 알지 않습니까. 한동안은 안정이 필요하다는 것."

"그러지 말고 네 양아버지들에게 연락해 보는 건 어떻겠냐?"

"아닙니다. 괜히 제 상태를 알려봤자 걱정만 늘어나지 바꿀 건 없습니다."

"쩝. 아쉽네."

"일단 레이가 있으니 잘 써먹어야죠. 그럴 리는 없지만 최

악의 상황이 온다면 저라고 별수 있습니까. 부작용 정도는 감
내하고 움직여야죠."

　고주봉은 급하면 통하지 않겠냔 표정이다.

　"하여튼 너란 녀석은 참 신기한 놈이야. 간다."

　"네. 일 보세요."

＊　　＊　　＊

　자신의 방으로 돌아온 신 영감은 금고에 계약서를 넣어두
고 자리에 앉았다. 고주봉은 알아서하겠다 하지만 신 영감은
어느 정도 대비는 해두는 게 좋다고 판단을 내렸다.

　"자주 연락을 하고 싶지만 이럴 때만 연락을 하게 되는군."

　신 영감은 메신저 하나를 켜더니 곧바로 채팅에 들어갔다.

《노년의 철학자》님께서 접속하셨습니다.

《선무당》님께서 접속하셨습니다.

노년의 철학자 : 오랜만에 연락드립니다.

선무당 : 아이만 맡겨놓고 통 신경을 쓰지 못하고 있습니다.

노년의 철학자 : 별말씀을 다 하십니다. 덕분에 재미있게 지냅니
다.

선무당 : 다행입니다.

노년의 철학자 : 오늘 연락을 드린 것은 고 센터장 일입니다.

선무당 : 무슨 일이라도 있습니까?

노년의 철학자 : 당장 그런 것은 아니지만 신경이 쓰여서 말입니다.

선무당 : 교수님이 신경을 쓰실 정도라면…….

노년의 철학자 : 예정보다 봉인부 제거가 빨라지면 어떻게 됩니까?

선무당 : 딱히 이렇다 확답은 드릴 수 없습니다. 하지만 좋지는 않을 겁니다.

노년의 철학자 : 몸이 크게 상하거나 하지는 않겠죠?

선무당 : 어렸을 땐 종종 위험한 경우도 있었지만 그 정도는 아닐 겁니다. 하지만 버틸 수 있다면 기간을 채우는 게 좋습니다.

노년의 철학자 : 솔직히 궁금해서 그러는데…….

선무당 : 고 센터장의 힘 말입니까?

노년의 철학자 : 신기하기도 하고.

선무당 : 죄송합니다. 본인이 직접 밝히면 모를까. 아무리 저라고 해도 말씀드리기가 어렵습니다.

노년의 철학자 : 이해합니다. 일단 큰 위험은 없다고 하니 한시름 놓았습니다. 아, 그리고 말입니다.

선무당 : 네. 말씀하세요.

노년의 철학자 : 고 센터장이 오래전 일들을 조사하는 것 같던데, 이유를 물어도 묵묵부답입니다. 뭔가 알아서 도움을 줄 수 있을 것 같은데.

선무당 : 옛일이라면 어떤 것을.

노년의 철학자 : 사랑고아원에 대해서 조사를 하는 것 같던데.

선무당 : 결국엔 그렇게 되는군요.

노년의 철학자 : 아시는 게 있군요.

선무당 : 일단 지켜봐 주십시오. 그 일과 관련해서 소식이 들어오면 저에게도 알려주셨으면 합니다.

노년의 철학자 : 그거야 어렵지 않습니다만……

선무당 : 고 센터장의 과거와 관련이 있습니다. 우리는 잊고 살기를 바라는데 그 녀석은 여태껏 담고 있었나 봅니다.

노년의 철학자 : 흠.

선무당 : 일단 지켜만 보시고 모르는 척해주십시오.

노녀의 철학자 : 물론입니다.

선무당 : 언제나 감사드리고 있습니다.

노녀의 철학자 : 한국엔 언제쯤 오시는지?

선무당 : 그 녀석이 허락하겠습니까?

노년의 철학자 : 양아버지라곤 하지만 자신을 키워준 분들인데.

선무당 : 때가 있겠죠.

노년의 철학자 : 알겠습니다. 그럼 오늘은 이만.

선무당 : 그럼.

《선무당》님께서 나가셨습니다.
《노년의 철학자》님께서 나가셨습니다.

　채팅을 끝낸 신 영감은 턱 끝을 만지작거리며 잠시 생각을
정리했다.
　"사랑고아원이 과거 때문이라."
　사실 고주봉은 사랑고아원만이 아니라 전국 곳곳에 고아
원에 대해서 조사하고 있었다. 딱히 의뢰를 받은 것도 아니고
직접적으로 돈이 되지도 않는 일에 시간을 투자하자 의아해
했는데 이유를 알게 된 것이다.
　"워낙 자신의 일엔 입이 무거운 녀석이니."
　종종 고주봉이 살아온 이야기를 들어보려 해도 시늉만 하
는 경우가 많았다. 그나마 봉방규가 나타나 이런저런 일들을
알게 됐지만 그것만으론 고주봉이 왜 이런 삶을 살아가는지
알 수가 없었다.
　"돈에 집착하는 듯 보이지만 그것도 아니고, 여자를 돌 보
듯해서 취향이 독특한가 했더니 그것도 아니다. 성공이나 명
예를 좇는 것도 아니어서 더더욱 모르겠단 말이지."
　처음 고주봉과 인연이 됐을 때를 생각하면 어이없기도 했

다. 대뜸 나타나 집을 팔라는 말에 얼마나 황당했던지.

줄기차게 쫓아다니며 귀찮게 하기에 그렇다면 집이라도 구경해 보라며 안으로 끌어들였고 레이가 그랬던 것처럼 잔 뜩 고생을 시켰었다. 귀신들린 집이라며 놀라서 도망을 칠 줄 알았는데 오히려 더 맘에 들었다며 집 팔라는 말에 귀에 딱지 가 앉을 뻔했었다.

거기다 도대체 이 집을 어떻게 알고 찾아왔냐는 말에 잘 아 는 무당이 알려줬다며 웃기지도 않는 말을 술술 내뱉었다.

당시엔 자신의 집을 알려줬다는 무당이 고주봉의 양아버 지일 거라곤 상상도 못했지만 말이다. 더 재밌는 건 고주봉의 양아버지가 한 명이 아니라는 것이다. 모두 양아버지이긴 했 지만 세 명이나 되는 아버지를 가졌다니, 무슨 사연인지는 몰 라도 어려서부터 쉽지 않은 삶을 살았다는 것 정도는 예상이 가능했다.

집을 팔지 않겠단 말에 결국엔 세입자라도 괜찮다며 지겹 게 쫓아다니는 바람에 결국엔 맘대로 하라며 물러서 버렸다. 도저히 생활이 안 될 정도로 괴롭히니 녀석에게 항복한 것이 다.

그리고 한동안 뭔가 준비를 하는 듯하더니 남의 집 한가운 데 봉 센터라는 괴이한 회사 하나를 떡하니 차려놓고 집주인 인 자신에게 보안실장이라는 직책을 맡기는 게 아닌가. 그때

부터 시작된 인연이 벌써 2년이 넘어 3년째 접어든 것이다.

"노년에 지루하지 않아서 좋기는 하다만 네 녀석 때문에 바람 잘 날이 없구나."

신 영감은 메신저 프로그램을 닫더니 자리에서 일어났다.

*　　*　　*

"뭐? 두 시간이면 암호를 풀어?"

레이는 자신이 넘겨주었던 메모리 카드에 대해 물어보다가 '사기 친 거냐?' 하는 표정이 되었다.

"사기까지는 아니고 그때는 그 정도면 풀지 알았지."

고주봉은 뭐가 문제냐는 듯 레이를 바라봤다.

"너 뻔뻔한 거 익히 알고 있었다만, 아주 철판을 까는구나. 미스 황. 이래도 되는 겁니까?"

"안 될 건 또 뭐죠?"

미스 황은 당한 사람이 바보라는 듯 시큰둥한 반응이다.

"허……."

미스 황의 반응에 레이가 어이없는 표정을 지었다.

"그러니까. 메모리 카드 내용이 알고는 싶은데 당장 알아낼 방법이 없으니 장난을 쳤다 이거네."

레이의 말에 미스 황이 다시 입을 열었다.

“레이 씨.”

“네.”

“덕분에 CIA도 돌려보냈고 당신도 안전을 보장 받았잖아
요. 거기다 어차피 가지고 있어봤자 당장 쓸모도 없는 물건이
었는데. 다 잊어버리고 결과만 생각해요.”

“젠장. 그랜파에게 당한 것도 열불나 죽겠는데. 여기가 전
문 사기집단도 아니고.”

레이는 자신이 정말 안전한 곳에 있는 건지 도무지 모르겠
다는 표정이다.

“미스 황. 언제쯤이나 열어볼 수 있을 것 같아?”

“영감님 말로는 내일 새벽은 되어야 암호가 풀릴 것 같다
네요.”

“생각보다 어려운가 보네. 꽤 시간이 흘렀는데.”

“푸는 게 어디에요. 그래도 봉 센터 시스템이 쓸 만해서 가
능한 거죠.”

시스템 이야기가 나오자 멍 때리고 있던 레이가 호기심을
보였다.

“봉 센터 시스템? 진짜 슈퍼컴이라도 가지고 있는 거야?”

“규격품은 아니지만 슈퍼컴이 맞긴 하지.”

고주봉의 대답에 레이가 그걸 어떻게 구했냐는 표정이다.
개인이 슈퍼컴을 운영하려면 배보다 배꼽이 더 클 수가 있었

다. 전기비만 해도 억 소리가 나는 게 슈퍼컴이니 말이다.

"따로 구매한 건 아니다. 성능이 요즘 슈퍼컴처럼 대단하진 않지만 보드를 병렬처리해서 DIY[Do It Yourself]했다."

"슈퍼컴이 목제 가구도 아니고 DIY가 뭐냐? 설계는?"

"당연히 내가 했다. 이래 봬도 공대 출신이다."

고주봉의 말에 미스 황이 한마디 끼어들었다.

"제임스 대표가 그걸 보고 자신도 만들겠다고 했었죠."

"했었죠라면 실패했다는 말입니까?"

"아니요. MIT 출신의 천재가 실패할 리는 없죠."

"그런데 왜?"

"전기세를 계산해 보더니 신경질적으로 도면을 찢어버리더군요."

레이는 이상하다는 듯 고개를 흔들었다.

"슈퍼컴을 만들 생각을 했을 땐 그만한 돈이 있었다는 소린데 전기세 때문에 그만뒀다는 것은……."

"여기 봉 센터는 겉보기엔 집이지만 사실 공장으로 등록된 곳이에요. 들어오는 전기 자체가 일반전력이 아니죠. 하지만 타봉 탐정사가 입주한 곳은 상황이 다르죠. 그 정도 전기를 끌어오려면 건물에 따로 변압기를 설치해야 하는데 건물주가 허락했겠어요? 나중에 입주자가 나가 버리면 건물주 몫으로 남는데."

레이는 그제야 이해가 된다며 고개를 끄덕였다. 아니, 끄덕이다 말고 다시 입을 열었다.

"주택에 공장허가가 났다고?"

"정확히는 주택에 난 게 아니라 양쪽 건물이죠."

"그건 또 뭔 소린지."

"본래 공장터였죠. 물론 양쪽에 있는 건물은 지금도 신 영감님 재산이고."

"아! 그랬었군. 어쩐지. 건물 사이에 집이 남아 있더라니."

레이는 건물과 건물 사이에 오래된 주택이 살아남은 이유를 충분히 이해했다.

"누가 온 것 같군요."

미스 황이 자리에서 일어났다.

"그걸 어떻게?"

레이는 벨이 울리거나 누군가 찾아왔다는 신호를 확인하지 못했다. 미스 황은 자신의 핸드폰을 들어 보이더니 경리실로 나가 버렸다.

"핸드폰?"

"밖에서 신호가 오면 알려준다더군."

고주봉도 딱히 신경 쓴 적이 없어서 잘 모르겠다는 표정이다.

"존, 너는 가끔 보면 너무 주변에 관심이 없더라."

"그래서 문제라도 있었나?"

"뭐… 딱히 그것도 아니지만."

"그럼 신경 끄셔."

레이와 토닥거리던 고주봉은 스피커폰이 울리자 버튼을 눌렀다.

"왜?"

—삐. 센터장님. 손님입니다.

"손님? 누군데?"

—한서연 씨입니다.

"손님은 무슨! 불청객은 사절이라니까. 미스 황이 알아서 좀 하라고."

—들으셨죠?

스피커폰에서 미스 황이 한서연에게 하는 말이 들려왔다.

—신지원 교수님을 뵈러 왔습니다.

미스 황의 말에 한서연의 대답이 들렸다.

—아, 센터장님이 아니었군요.

미스 황은 자신이 실수를 했다며 스피커폰을 신 영감 방으로 연결했다. 그리고 잠시 뒤 신 영감이 헐레벌떡 뛰어 나왔고 한서연이 방 안으로 들어왔다.

*　　*　　*

　직진이 불가능하다고 길이 없는 게 아니다. 돌아가는 수고
를 마다치 마라.

변태 오타쿠보다 못한 호칭

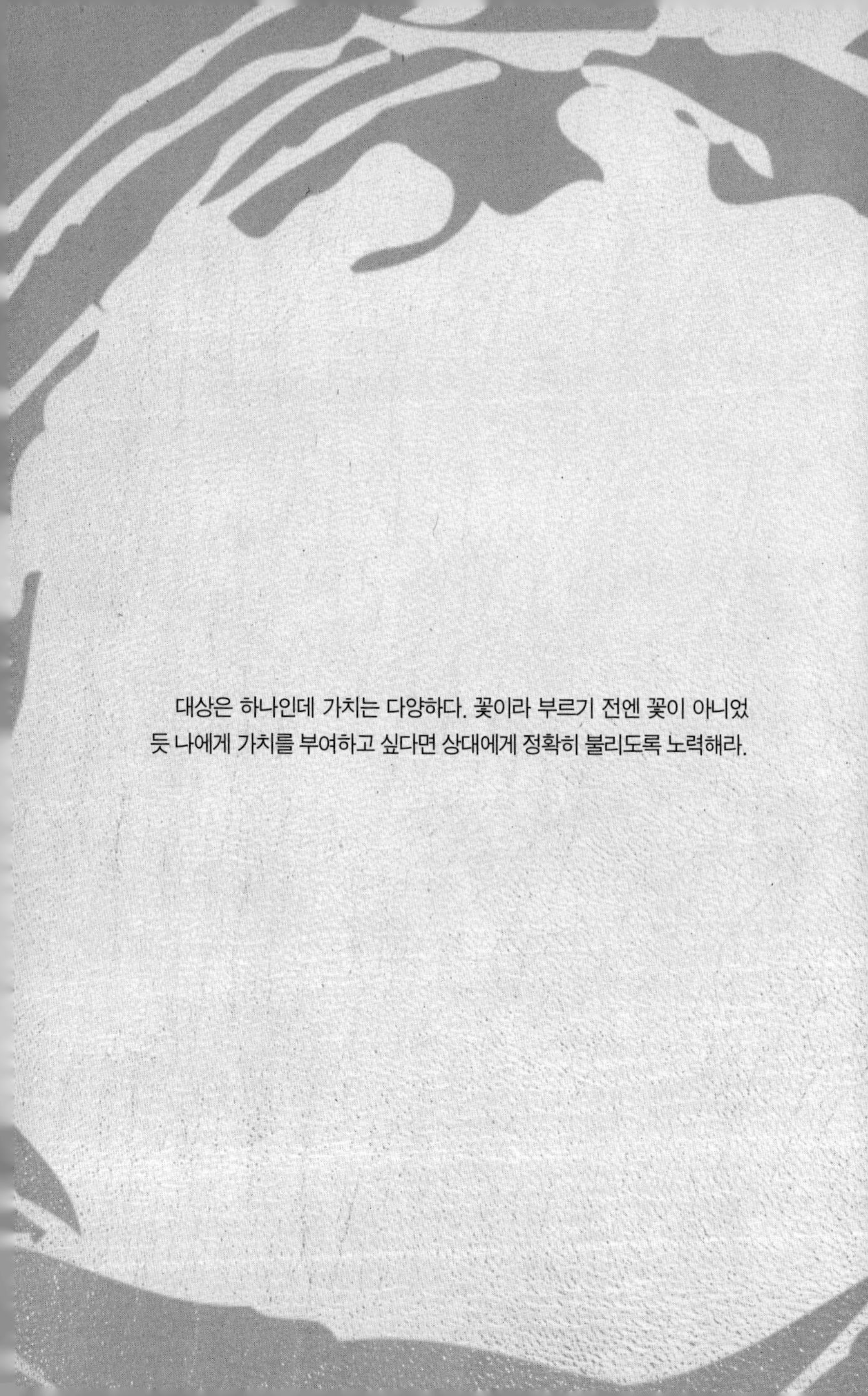
대상은 하나인데 가치는 다양하다. 꽃이라 부르기 전엔 꽃이 아니었
듯 나에게 가치를 부여하고 싶다면 상대에게 정확히 불리도록 노력해라.

전에 왔을 땐 챙이 넓은 모자에 선글라스를 착용했던 한서연이 오늘은 흰 블라우스에 캐주얼한 복장을 하고 나타났다. 윤기 흐르는 긴 머리는 자연스럽게 어깨를 타고 내렸고 화장기 없는 얼굴은 청조함은 이것이라는 듯 사람의 시선을 단번에 사로잡았다.

사기꾼 집단 운운하며 저조한 컨디션을 보이던 레이의 입이 자연스럽게 벌어졌다. 반쯤 누운 듯 소파에 걸쳐 있던 어정쩡한 자세는 반듯해졌고 흐트러진 머리칼은 곧바로 정리가 됐다.

“미스…….”

한서연은 이름을 물어오는 레이의 질문에 어떻게 해야 할지 모르겠다는 듯 어색한 표정을 짓더니 고개를 숙여 버렸다. 마치 사춘기 소녀의 그것처럼 한서연의 반응은 레이를 애타게 만들었다.

“레이디. 저는… 컥.”

다시 입을 열며 한서연 쪽으로 다가가던 레이의 의도는 뒤통수에 가해진 묵직한 충격에 곧바로 좌절됐다.

“하여간 어디서 못된 짓만 배워와서는.”

“그랜파!”

레이는 손님 앞에서 이게 무슨 짓이냐며 고개를 쳐들었다.

“일전에 제임스가 다 떠들었다.”

“제임스가 무슨…….”

레이는 봉방규의 이름이 흘러나오자 살짝 긴장된 얼굴이 되었다.

“여자만 보면 환장을 한다고.”

“오 마이 갓!”

레이는 말도 안 되는 모함이라며 손을 흔들었다.

“시끄럽고. 내 손님에게 껄떡거리지 마라.”

신 영감은 레이를 밀쳐내더니 한서연에게 다가갔다.

“하하. 서연 양. 와주셨군요.”

신 영감은 한서연이 자신을 찾아온 것이 믿기지 않았다. 세상에 여신을 실물로 볼 수 있다니 이대로 회춘이라도 할 것 같은 기분이다.

"네……."

한서연이 작은 목소리로 대답했다.

"김 아나운서에게 전화는 받았습니다. 일단 안으로 들어가시죠."

"안으로요?"

"여긴 쓸모없는 인간들이 많아서."

신 영감의 말에 한서연은 레이와 고주봉을 바라봤다. 레이는 자세를 바로 하고 '저 그런 놈 아닙니다' 하는 표정으로 부질없는 어필을 하고 있었고 고주봉은 언제나처럼 관심도 없다는 듯 일에만 집중하고 있었다.

"이쪽입니다."

"네."

레이가 슬그머니 따라 나서려 했지만 신 영감이 용납할 리 없었다.

"프라이버시를 지켜주게."

"비밀엄수는 기본 아니겠습니까."

레이는 당연하다는 듯 대답을 했다.

"그냥 여기 있는 게 도와주는 거야."

“쩝.”

레이는 아쉬운 표정으로 신 영감과 한서연의 뒷모습을 바라보다가 고주봉에게 질문을 쏟아내기 시작했다.

“존!”

“귀찮다.”

“누구시냐?”

“한서연.”

“이름은 나도 방금 들었고!”

“그게 다야. 나도 아는 게 없어.”

고주봉은 별로 해줄 말이 없다는 듯 시큰둥하게 대답했다.

“시크한 척하기는. 이름을 알고 있다는 것은 기본적인 정보는 가지고 있다는 말이잖아.”

“미스 황에게 물어보는 게 빠를 거야. 난 정말 아는 게 없어.”

“미스 황?”

레이는 미스 황에게 물어보라는 고주봉이 말에 고민스런 표정이 되었다.

“음……..”

난봉꾼 레이가 자유를 얻었는데 미스 황 같은 미인을 두고 가만히 있었을 리 없다. 여자 꼬시기 정석 매뉴얼을 숙지하고 연애사업의 바이블을 작성할 정도로 작업스킬이 능숙한 그였지만 미스 황만큼은 넘을 수 없는 벽 같은 존재였다.

'얼음 마녀.'

딱히 미스 황의 별명을 들어본 적 없었지만 결국엔 다른 이들과 마찬가지 별명을 붙이고서야 도전을 포기하고 말았다. 사무적인 상황엔 직업인 포스를 풍기며 사근사근하지만 사적인 분야로 대화가 넘어가려면 찬바람이 쌩쌩 불었다.

그런데 미스 황에게 다른 여자 정보를 물어보라니. 무시당할 걸 각오하라는 뜻이다.

"하지만!"

이대로 물러서기엔 한서연의 존재감이 너무 컸다. 얼음 마녀 미스 황과 달리 달달한 느낌이 물씬 묻어나는 최고의 여자임을 캐치한 것이다. 아니, 동서양을 떠나 자신이 본 어떤 여자보다도 매력적이고 아름다운 여자였다.

"다녀오지."

레이는 전장에 나가는 병사라도 된 양 기합까지 넣고서 경리실로 향했다.

"쯧쯧쯧. 제 버릇 개 못준다더니. 저러다 한번 크게 데이지."

고주봉은 한심하다는 듯 고개를 흔들어 버렸다.

＊　　＊　　＊

“술은, 아니, 차는 무엇으로.”

신 영감은 눈밭에 나온 강아지처럼 정신이 없었다.

“괜찮습니다.”

“괜찮다니요. 여기까지 왔는데 차 한잔 대접 못한다면 그게 사람입니까.”

“풋.”

한서연은 백발이 성성한 노학자의 어린애 같은 모습에 웃음이 나왔다. 김예린에게 듣기는 했지만 직접 만나보니 생각보다 더 재미있는 할아버지다.

“아니, 왜……”

신 영감은 자신의 말에 한서연이 웃음을 보이자 영문을 몰라 당황한 표정이 되었다.

“아니에요. 예린이에게 들었던 말이 떠올라서.”

“김 아나운서가 무슨……”

신 영감은 살짝 불안한 표정으로 한서연을 바라봤다. 첫 대면부터 변태 할배라고 서슴없이 이야기하던 김예린 아니던가. 한서연에게도 악영향을 미친 게 틀림없었다.

“혹시 변태라던가, 오타쿠 뭐 이런 이야기를 들었다면 그건……”

“네?”

한서연은 신 영감의 말에 그게 무슨 말이냐는 듯 눈을 동그랗게 떴다.

"아니, 그러니까……."

"예린이는 유쾌하고 재미난 할아버지라고……."

"재미난 할아버지?"

신 영감은 한서연의 말에 자신이 너무 앞서 나갔음을 알아챘다.

"네. 예린이는 그렇게 말하던데."

"하하. 내가 재미가 좀 있지. 그럼그럼."

"그러면 저도 할아버지라고 불러도 되나요?"

"아니… 왜……."

자신을 할아버지라 불러도 되냐는 말에 좌절을 맛보는 신 영감이다. 변태 오타쿠로 불리고 말지 할아버지라니. 남자들의 로망, 여신 한서연에게 할아버지라 불리다니. 불끈하고 고개를 쳐들었던 회춘의 기운이 김빠진 맥주처럼 씁쓸하게 변해 버렸다.

"안 되나요……?"

한서연은 신 영감의 반응에 슬픈 표정이 되었다.

'가슴이 찢어지는 것 같지만…….'

"당연히 되지, 됩니다. 하하하."

"감사해요."

한서연은 예린과 같이 할아버지라 부를 수 있게 되었다며 기쁜 표정을 지었다.

'교수님이란 호칭도 있고, 정 안 되면 어르신까지 양보할 수 있는데, 왜!'

"종종 찾아와도 되죠? 할아버지."

"그럼그럼. 한서연 양이라면 언제든 환영이지."

신 영감은 호칭에 있어선 포기했지만 자주 찾아오겠다는 한서연의 말에 흡족한 표정이 되었다.

"그런데 오늘은 무슨 일로."

"요즘 주변에 안 좋은 일이 많아서요. 사실 주봉 오라버니에게 말할까 했는데 아시잖아요. 찾아와도 유령 취급하는 거."

'오… 오라버니? 고주봉 이놈. 좀 있다 보자!'

"망할 놈이지. 다른 사람도 아니고 한서연 양이 찾아왔는데."

"아니요. 욕할 정도는 아니구요. 사실 제가 귀찮게 하는 건 사실이니까요."

한서연은 고주봉에겐 잘못이 없다며 손까지 내저었다.

'크윽. 혈압이……'

한서연을 생각해서 편을 들어줬는데 오히려 심통 많은 늙은이 처지가 되어버렸다.

"그… 그래. 안 좋은 일이라는 게."

"친하게 지내던 코디가 있어요."

한서연은 시무룩한 표정으로 이야기를 꺼냈다.

'아이고, 저 표정. 사람이 살살 녹는구나.'

신 영감은 시시때때로 표정이 바뀌며 사람 심장을 들었다 놨다하는 한서연 때문에 애간장이 녹았다. 다 늙어서 무슨 추태냐 할지 모르겠지만 늙어도 남자고 남자는 아름다운 여자에게 약하고 약한 법이다.

"삼 일 전 촬영 때문에 새벽까지 작업을 했는데, 그날 이후 아무런 말도 없이 소식이 끊겼어요."

"소식이 끊겼다는 게……."

"경찰에 실종신고를 신청한 상태예요."

"흠."

단순 실종이라면 경찰에서 알아서 할 일이다.

"그런데 제 코디만 그런 게 아니에요."

"응?"

"최근 촬영장 주변에서 실종 사고가 여러 건 있었다는 말을 들었거든요."

"스토커나……."

"스토커라면 여자 연예인을 노렸겠죠."

"커험. 그건 그렇겠군."

신 영감은 일단 들어보자며 계속 해보라고 했다.

"그동안 주봉 오라버니 때문에 추리소설에 푹 빠져 있거든
요."

'쿵. 오라버니 소리가 아주 입에 붙었구나.'

"물론 경찰이 잘하리라 믿지만……."

"뭔가 생각하는 거라도 있는 거로군."

"네. 일단 실종사건은 모두 야외 촬영장에서 벌어졌어요."

"그리고?"

"그것도 야간 촬영이 있는 날에 벌어졌구요."

신 영감은 확실히 일반적인 실종사건과는 차이가 느껴지
기 시작했다.

"실종된 사람들 간에 관계라든지."

"물론 찾아봤죠. 물론 제 실력으로 깊이 파고들 수는 없어
서 자세히 알아보진 못했지만 한 가지를 제외하곤 이렇다 할
연관성은 찾지 못했어요."

"그 한 가지가 뭔지?"

"모두 20대 중후반의 여자들이에요. 이상하죠?"

신 영감은 실종자들이 여럿이라는 것과 모두 20대의 여자
라는 말에 '혹시' 하는 말을 흘렸다.

"혹시 뭔가 생각나시는 게 있으세요?"

한서연은 사슴 같은 눈망울로 신 영감을 바라봤다.

‘꿀꺽. 빠져 죽을 것 같은 눈망울일세.’

“꼭 그렇다곤 할 수 없지만… 일단 고주봉과 이야기를 나눠봐야 할 것 같네.”

“오라버니랑요?”

한서연은 고주봉과 ‘함께’라는 단어에 볼이 붉어졌다.

‘망할 놈. 뭐 아무런 관계가 없어? 얌전한 고양이가 부뚜막에 먼저 올라간다더니!’

* * *

“그걸 왜 나에게 물어보죠?”

한참 테트리스 게임에 열중하고 있던 미스 황은 기록갱신에 실패한 것이 레이 때문이라는 듯 짜증을 냈다.

“그게, 존이 미스 황에게 물어보라고 해서.”

“센터장님이요?”

“자기는 아는 게 없다고…….”

“지금 그 말을 믿었단 말이죠?”

미스 황은 말이 되는 소리를 하라며 미간을 찌푸렸다.

“당연히 믿지 않지만 존 그 자식은 한번 입을 다물면…….”

“그래서 입 가벼운 나에게 찾아왔다 이런 말이군요.”

미스 황의 말에 레이는 황당한 표정을 지었다.

"아니, 어떻게 해석을 해야 그런 결론이……."

미스 황은 계속 여기 있고 싶으냐는 듯 레이를 노려봤다.

"가야지. 가고말고. 하하. 그래도 이왕 여기까지 왔는데 자잘한 정보라도 좋으니……."

미스 황은 화를 낼까 하다가 마음을 바꿨다. 전 국민이 다 아는 사실을 뭐 대단하다고 감춘단 말인가. 귀찮음에 시달리느니 원하는 정보를 알려주고 내보내는 게 편하겠다는 생각이 든 것이다.

"이름 한서연."

"그건 이미……."

"나이 28살."

"정말? 23 정도로 보이던데. 엄청난 동안이군."

"은막의 여왕, 아시아의 여신 등으로 불리며 대한민국 최고의 여배우로 활동 중."

"역시……."

레이는 평범하지 않을 줄 알았다며 연신 고개를 끄덕였다.

"사귀는 사람은?"

"연예계 정보는 믿을 게 못되지만 현재까지는 없다고 하더군요."

"굿~!"

레이는 그게 가장 중요한 정보라는 듯 고개를 끄덕였다.

"더 필요해요?"

"이왕 알려주는 것 사이즈도……."

"인터넷에 공개된 정보로는 172㎝에 48㎏이라고 하지만 그 키에 그 무게가 사실일 리 없겠죠."

"그건 내가 직접 확인해 보고 알려주도록 하지. 고마워, 미스 황. 난 이만."

레이는 빨리 돌아가서 검색창에 한서연의 이름을 쳐 넣고 싶었다.

—삑. 미스 황. 레이 데리고 들어와. 상의할 일이 생겼어.

"네. 센터장님."

미스 황은 레이를 따라 고주봉의 방으로 이동했다.

고주봉의 방에는 따로 이야기하겠다고 들어갔던 신 영감과 한서연이 먼저 자리를 잡고 있었다. 레이는 마치 알고 지내던 사이처럼 반갑게 인사를 했지만 한서연의 반응은 여전히 미지근했다.

'한때 할리우드에서 콜사인까지 받았던 난데… 눈길 정도는 주라고!'

레이는 아쉬운 눈빛으로 한서연을 바라봤다.

'하긴 저 정도 위치에 있는 여인이 쉽사리 마음을 열지는 않겠지. 아니, 그랬다면 내가 실망했을 거야.'

한서연은 레이가 무슨 상상을 하는지 알 수 없었다. 하지만 느끼한 태도로 자꾸 아는 척을 하는 게 영 못마땅했다. 고주봉 때문에 참고는 있지만 자신의 영역에서 이런 일이 벌어졌다면 벌써 쫓아냈을 것이다.

"한서연 씨는 다들 알고 있지?"

고주봉은 따로 설명하지 않겠다는 듯 인사를 시켰다. 그간 여러 차례 오갔지만 봉 센터 안에서 정식으로 인사를 시키긴 처음이다. 한서연은 자리에서 일어나 다소곳한 모습으로 인사했다.

"한서연입니다."

"황미나예요. 이미 알고 있죠?"

"네. 예린이에게……."

미스 황과 인사가 끝나자 기다렸다는 듯 레이가 자리에서 일어났다.

"알로, 마드모아젤."

"……."

한서연은 레이의 버터필 충만한 프랑스식 인사에 적당히 고개만 숙여 보이고 자리에 앉았다. 내색은 안 했지만 눈빛에서는 은연중 레이에 대한 불편함이 묻어났다.

"신 영감님 말로는 그놈들 흔적을 찾은 것 같다니 다들 들어보고 판단해 봐."

고주봉의 말에 신 영감이 입을 열었다.

"한서연 양이 가져온 이야기 중에 이상한 점이 발견했다."

신 영감은 한서연이 말한 실종사건에 대해 이야기를 시작했다. 중간 중간 한서연이 도움을 주며 최근 있었던 사건까지 설명이 마무리되자 다들 충분히 의심해 볼 만하다고 했다.

"만약 놈들이 맞는다면 이번에도 흔적을 남기지 않았을 겁니다."

"그랬겠지."

"그리고 촬영장을 계속 노린다는 법도 없죠."

"꼬리가 길면 잡힐 테니까."

신 영감은 어떻게 하면 좋겠냐는 듯 고주봉을 바라봤다.

"이소라 경위의 말에 따르면 그동안엔 곧바로 납치된 여성을 해부했지만 이소라 경위부터는 뭔가 방법을 바꾼다고 했답니다."

"그랬지. 나도 들었었다."

신 영감이 고개를 끄덕이자 레이가 끼어들었다.

"이번엔 한꺼번에 여러 명이 필요한 모양이군. 전 사건이 살인을 가장한 일종의 실험실습 같은 거였다면 이번부터가 진짜일 거야. 사람이 죽는 것도 다수가 되겠지."

"실종사건의 범인이 그들이라고 증명된 것은 아니지만 지금 당장 우리가 가지고 있는 정보는 이게 전부니 이쪽이라도 살펴보자고."

고주봉의 말에 그렇게라도 시작하자며 다들 고개를 끄덕였다.

"센터장님 이번에도 지소에 연락을 할까요?"

미스 황의 말에 고주봉을 고개를 저었다.

"너무 위험해. 그냥 범죄자들도 아니고 사람 목숨을 파리처럼 여기는 놈들이야. 지소 쪽 사람들이 나섰다고 문제라도 생기면 그땐 감당할 수 없게 돼."

"그럼 우리끼리만 움직이겠군요."

"우리만 있는 건 아니지. 김하림 검사 어떻게 지내고 있는지 알아?"

"듣기론 사건 배당도 거의 안 되고 있어서 시간만 보내고 있다더군요. 설마 부르려고요?"

미스 황은 내키지 않는 표정이다.

"안 되지. 아직 팔목의 상처도 다 아물지 않았을 텐데."

"그럼 왜……."

"안부 인사나 하면서 언질만 해 놔."

"언질이라면 5분 대기조로 만들라는 뜻이군요."

고주봉은 맞는다며 고개를 끄덕였다.

"만에 하나 놈들을 찾게 되면 이번엔 충분한 준비하는 게 좋지 않겠어? 다른 사람은 몰라도 김하림 검사라면 경찰 특공

대라도 동원해 줄 거야."

"겸사겸사 공을 세운다면 전의 실수를 만회할 수도 있을 거구요."

"그렇지."

고주봉은 한서연에게 시선을 돌렸다.

"한서연 씨."

"네."

"우리가 무슨 이야기를 나누는지 알고 있습니까?"

"네."

"알고 있어요?"

"블레이드 킬러 사건을 이야기하는 것 같은데 아닌가요?"

한서연은 그 정도 눈치는 있다는 듯 고주봉을 바라봤다.

"큼. 그렇군요."

"제가 어떻게 도우면 될까요?"

"돕다니요? 그만큼 위험한 일이니 댁으로 돌아가시라는 말을 하려던 겁니다."

고주봉의 말에 한서연이 미소를 보였다.

"물론 위험하겠죠. 하지만 그렇다고 해서 내 일을 하지 않을 수 없죠."

한서연의 말에 신 영감이 나섰다.

"한참 영화 촬영 중이라는군. 촬영장은 파주 외곽이고."

“영감님 말씀은…….”

고주봉은 한서연에게 도움이라도 받자는 거냐며 미간을 찡그렸다.

“한서연 양은 어차피 일을 해야 하고 우리는 뭐가 되었든 흔적을 찾아야 하지.”

“하지만 관계자가 아니라면 촬영장을 함부로 돌아다닐 수 없죠.”

한서연은 자신의 도움이 아니면 힘들 거라는 듯 단정적으로 이야기했다.

“센터장님, 틀린 말은 아닙니다. 우리가 검찰이라도 이런 경우엔 협조 공문이 필요하죠.”

미스 황은 한서연이 도와주면 번거로운 일 없이 바로 현장에 투입될 수 있음을 이야기했다. 하지만 고주봉은 여전히 내키지 않은 얼굴이다.

“촬영을 접을 수 없다고 하지 않나. 그렇다면 우리가 주변에 있는 게 위험에 대비할 수 있는 유일한 방법이기도 하다.”

신 영감은 보디가드라는 좋은 방식이 있으니 적극 활용을 하자고 했다.

“좋습니다. 일단 다들 의견이 그렇다면.”

고주봉은 더 이상 반대 의견을 내기가 어려워지자 일단 고개를 끄덕였다.

"잘 생각했다. 그놈들 사람 가려가며 납치하는 놈들이 아니니까."

신 영감은 이소라 경위가 납치당했던 걸 이야기하며 미모의 20대라면 누구든 상관치 않는 놈들임을 잊지 말라고 했다.

"휴. 이 사건이 그들과 연관이 있어도 걱정, 없어도 걱정이군요."

고주봉은 미소를 머금고 있는 한서연을 바라보며 긴 한숨을 보였다. 유일하게 심각성을 보이지 않는 사람이 있다면 한서연의 보디가드란 말에 입이 쩍 벌어진 레이 피트 한 명뿐이다.

"그리고 센터장, 나 좀 보자."

고주봉은 잠시 자신의 방으로 가자는 신 영감의 말에 의아한 표정을 지었지만 그러자고 했다.

＊　　　＊　　　＊

사랑해. 좋아해. 미안해. 미워해.
모든 것은 세 치 혀에 달려 있다.

CHAPTER **11**

감각제어 1

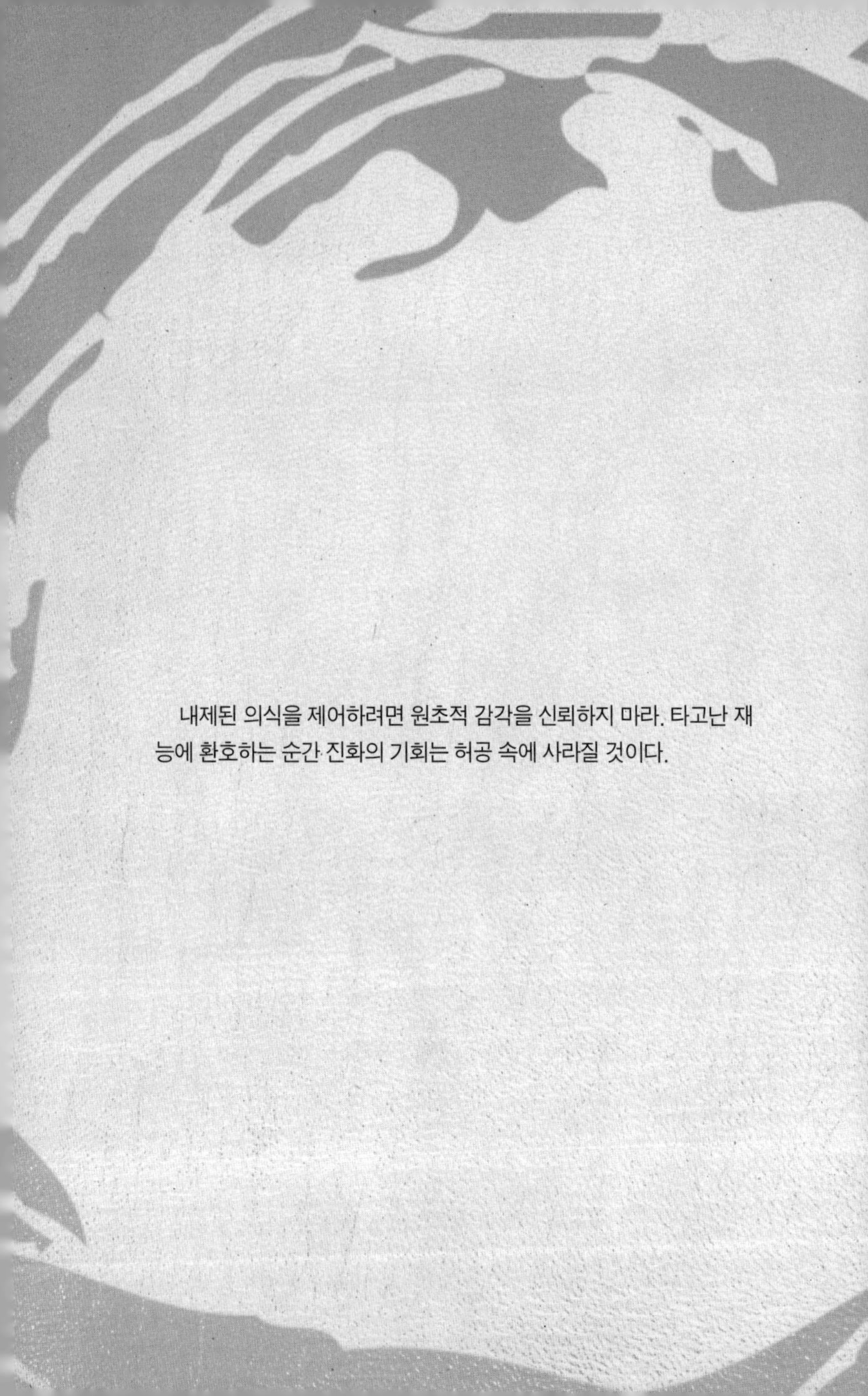

내제된 의식을 제어하려면 원초적 감각을 신뢰하지 마라. 타고난 재능에 환호하는 순간 진화의 기회는 허공 속에 사라질 것이다.

퍼슈어
PURSUER

봉방규의 병실에는 먼저 온 사람들이 있었다.

김하림 검사와 곽 반장이 병실 붙박이가 된 이소라와 함께 이야기를 나누고 있었다.

'권 검사는 요즘 잘 보이지 않는군.'

김기열 판사 때문이라곤 했지만 김하림에게 나름 신경 쓰는 것 같았었다. 그런데 일전의 사건은 물론이고 계속해서 얼굴 보기가 힘들었다.

'검사가 한가한 직업도 아니니 많이 바쁜가 보군.'

고주봉이 병실 안으로 들어가자 세 사람은 반갑게 인사를 건네왔다.

"봉방규는 좀 어때?"

"상처는 많이 아물었어요. 하지만 의식은 아직⋯⋯."

이소라는 여전히 걱정스런 표정으로 대답했다.

"상처가 아물고 있다니 그래도 다행이네. 그런데 이 경위는 계속 이렇게 있어도 되는 거야? 아무리 휴직계를 냈다곤 하지만 완전히 마누라가 따라 없군."

고주봉의 말에 이소라의 얼굴이 붉어졌다. 하지만 딱히 아니라고 부정하는 반응이 없어 오히려 말을 꺼냈던 고주봉이 얼떨떨해졌다.

'뭐야. 봉방규에게 시집이라도 갈 생각인가? 지금이 무슨 조선시대도 아니고 목숨 한 번 구해줬다고⋯⋯.'

"상황이 여의치 않다면 그렇게라도 해야겠죠. 누군가는 이 사람을 돌봐야 할 테니."

"그것 참."

고주봉은 이건 아니다 싶었지만 그렇다고 딱히 이야기를 꺼내기도 어려웠다. 하지만 곽 반장은 전혀 그렇지 않은 모양이다.

"소라야. 농담이라도 그런 말은 말아라."

"아니에요. 저 때문에 이렇게 되었는데."

"이소라. 정신 차려. 너 때문이 아니라 제임스 대표는 놈들

을 쫓고 있었어. 그리고 넌 시체자루 안에 들어 있어서 누군
지도 알 수 없었고."

고주봉은 곽 반장과 이소라의 대화에 이건 또 뭐지 하는 생
각이 들었다.

"잠깐. 두 사람 대화가……."

마치 집안 어르신이 아이에게 말하는 것 같다고 이야기하
려 했지만 거기까지는 말이 나오지 않았다.

"아, 센터장님은 모르셨겠네요."

김하림 검사가 고주봉 귀에 대고 작게 소곤거렸다.

"이소라 경위가 곽 반장님의 외조카랍니다."

"아, 그랬었군. 그런데 왜 귀에 대고 속삭이는 거지?"

고주봉은 곽 반장과 이소라에게 눈치 볼 일이라도 있냐며
고개를 갸웃거렸다.

"그냥요."

"그냥?"

"네."

"권 검사가 없으니 심심한가 보군. 장난칠 시간 있으면 몸
이나 빨리 나아."

고주봉은 김하림을 밀쳐냈다.

"쳇."

김하림은 팔목에 감긴 붕대를 만지작거리며 다 나았다고

했지만 고주봉이 보기엔 아직 시간이 필요해 보였다.

"사건에서는 완전히 손을 뗀 건가?"

"네. 그렇게 되었죠."

"놈들을 잡을 기회가 생긴다면?"

"황 선배가 말한 그 실종사건 때문인가요?"

이미 연락을 받은 모양이다.

"확신은 못하지만 의심스러운 것은 사실이니까."

"그런데 원래 이런 쪽 일엔 관심 없었지 않나요? 계속 조사할 의무도 없고."

김하림은 그렇게 싫어하더니 왜 이렇게 열심이냐는 듯 고주봉을 바라봤다.

"자존심 때문이라고 해두지."

"자존심 때문에 그 많은 돈과 시간을 쏟아붓는다고요?"

이소라는 그다지 신뢰 가는 대답이 아닌 듯했다.

"봉방규 때문이기도 하고."

"하지만 제임스 대표와 센터장님은……."

"그것과는 별개야. 동종업계에 작은 의리라고 생각해 둬."

고주봉은 그 이야기는 그만두고 자신의 질문에 대답이나 하라고 했다.

"솔직히 모르겠어요. 담당도 아닌데 끼어들었다 명령 위반사항이라도 생기는 날엔 옷 벗어야 할지도 모르니까요."

"하긴 그럴 수도 있겠군. 그러면 만에 하나 놈들이어도 대한민국 검찰의 도움은 포기하는 게 좋겠군."

"무슨 말을 그렇게 해요."

김하림은 사람 속을 꼭 그렇게 긁어야겠냐며 신경질을 냈다.

"없는 이야기한 것도 아니고. 봉방규 상태는 봤으니 그만 가보지."

고주봉은 더 이상 할 말 없다는 듯 그대로 병실을 나가 버렸다.

"아무래도 화가 난 것 같지?"

김하림은 이소라에게 슬쩍 의견을 물었다.

"화가 났다기보다… 앞으론 신경을 끌 것 같은 분위기던데요."

김하림은 이소라의 대답에 그게 무슨 소리냐는 듯 바라봤다.

"급할 때 찾아가서 아쉬운 소리 하다가 상황이 어렵게 됐으니 못하겠다고 한 거잖아요."

"하지만……."

"봉 센터 등가교환에 민감하던데 김 검사님이 실수한 것 같습니다."

"아……."

김하림은 그제야 자신이 큰 실수를 했다는 생각이 들었다. 이래저래 친해졌다는 생각에 고주봉과 봉 센터가 어떤 곳인지 잊고 있었다.

"어떻게 한다……."

하지만 그걸 알았다고 조직의 말단 검사가 임의로 움직일 수도 없는 일이다.

"답답해."

김하림 검사가 무력한 얼굴로 의자에 앉아버리자 곽 반장과 이소라 역시 어쩔 수 없지 않느냐는 듯 고개를 끄덕였다. 두 사람도 경찰이라는 조직 안에서 명령에 따라야 하는 입장이니 김하림의 답답함이 이해가 되었다.

곽 반장은 김하림 검사가 조용해지자 다시 잔소리를 늘어놓기 시작했다.

"소라야. 네 엄마도 너 이러고 있는 거 아냐?"

"당연히 모르죠……."

"너 하나 보고 시장통에서 그 고생을 한 분이다. 그런데 이제 와서 언제 깨어날지도 모르는 사람 곁을 지키겠다고 하면 어쩔 것 같으냐."

이소라는 그거 고개를 푹 숙일 뿐이다.

"너에겐 엄마지만 나에겐 하나밖에 없는 누님이다. 아무리 출가외인이라고 하지만 젊어서 청상이 된 누님을 생각하면……."

곽 반장은 목이 메는지 잠시 말을 멈췄다 다시 이야기했다.

"그리고 제임스 대표가 너 이런다고 좋아할 것 같으냐? 솔직히 서로 사이도 안 좋았잖아."

확실히 그런 면이 없지 않았다. 다른 사람들보다 봉방규와 이소라의 트러블이 유독 많았기 때문이다.

"외삼촌 말을 이해 못하는 건 아니에요. 하지만 마음이 그런 걸 어떡해요."

원했던 원치 않았던 자신 때문에 목숨을 건 사람이 옆에 있으니 매정하게 돌아서지를 못했다. 거기다 약간의 집착하는 성격을 가진 이소라는 곽 반장에 대한 부분도 그랬지만 봉방규에 대해서도 비슷한 성향을 보이고 있었다.

물론 이런 성격 때문에 강한 집중력과 프로파일러의 기질을 보이기도 했지만 곽 반장에겐 다 부질없어 보였다.

그때였다. '끙' 하는 소리와 함께 봉방규가 의식을 잃은 뒤 처음으로 반응을 보였다.

"아!"

"제임스 대표?"

침상 가까이 있던 이소라와 곽 반장이 놀란 눈으로 봉방규를 바라봤다.

"음……."

다시 들려오는 신음 소리. 이소라는 즉시 담당간호사를 호출했다.

봉방규가 정신을 차렸단 소식에 한걸음에 달려온 의사는 환자의 상태를 꼼꼼히 살피기 시작했다.

"의식이 돌아온 것 같습니다."

"정말입니까?"

이소라보다 곽 반장이 더 반가운 목소리가 되었다. 봉방규가 멀쩡히 깨어난다면 이소라의 쓸데없는 고집도 수그러들 것이다.

"좀 더 지켜봐야겠지만 일단 고비는 넘긴 것 같습니다. 수술 후 회복 상태도 좋기 때문에 조만간 좋은 소식이 있을 겁니다."

"휴, 감사합니다."

의사의 말에 곽 반장이 인사했다.

"고맙긴요."

의사는 간호사에게 몇 가지 지시를 내리더니 다시 돌아갔다.

"천만다행이다. 제임스 대표가 의외로 통뼈였던 모양이야."

솔직히 봉방규가 상태를 들었을 땐 다 죽었다 생각했었다. 출혈도 컸지만 상처들 상태도 치명적이었다.

그때 물끄러미 봉방규를 내려다보고 있던 김하림이 뭔가 결심을 내렸는지 얼굴이 변했다.

"하아……."

긴 한숨 소리에 이소라와 곽 반장이 왜 그러냐는 듯 바라봤다.

"잘리면 변호사 개업하죠."

"네?"

"김 검사님!"

김하림 검사의 말을 알아차린 곽 반장이 성급한 결정 같다며 만류했지만 이소라는 그저 고개를 끄덕였다.

"저보다 낫네요. 김 검사님은 변호사라도 할 수 있지만……."

이소라는 자신은 경찰에서 쫓겨나면 할 수 있는 일이 없다며 오히려 부러운 표정을 지었다.

"결심이 섰으니 연락해 둬야겠죠? 제임스 대표 소식도 전해줘야 할 것 같고."

김하림은 핸드폰을 빼 들더니 곧바로 단축버튼을 눌렀다.

*　　*　　*

"미스 황. 내 총 좀 돌려줘."

레이는 본격적으로 일을 하려면 무기가 있어야 되지 않겠
냐며 미스 황을 물고 늘어졌다.

"나한텐 없어요."

"그러지 말고. 가지고 있진 않아도 어디 있는지 정도는 알
것 아냐."

"그렇게 급하면 신 영감을 찾아가 봐요."

"그랜파?"

레이는 고개를 끄덕이더니 곧장 신 영감에게 달려갔다.

"그랜파!"

"그랜파는 무슨."

한서연 할아버지 호칭 이후 레이의 그랜파라는 호칭도 못
마땅한 신 영감이었다.

"그랜파가 가지고 있다면서요."

"뜬금없이 뭔 소리야?"

"제 무기 말입니다. 총."

"네 총?"

"네. 고주봉 말에 따르면 그놈들 괴상한 힘을 사용한다면
서요."

"그렇다지."

"그럼 저도 무기가 있어야죠. 맨손으로 티격태격하는 것보
다 멀리서 원샷 때리는 게 좋지 않겠어요?"

신 영감은 레이의 말에 말이 된다는 듯 고개를 끄덕였다. 하지만 레이의 무기는 고주봉이 치워 버린 상태라 어디 있는지 알 수 없었다.

"내가 알기론 네 무기들 폐기처분 한 것 같던데."

"네에?"

레이는 왜 그런 짓을 했냐며 따지고 들었지만 신 영감은 자신이 그런 것도 아닌데 그만 좀 앙앙거리라고 했다.

"내거라도 필요하면 줄까?"

"오, 그랜파! 총기마니아? 아니, 오타쿠?"

레이는 신 영감이 총을 가지고 있다는 말에 화색이 돌았다.

"어디다 뒀더라……."

신 영감은 책상 서랍을 뒤적거리더니 '여기 있네' 하고 레이에게 총을 건넸다.

"이건……."

"꽤 비싸게 준거야. 잘 써봐."

"가스총?"

레이는 썩은 치즈라도 삼킨 사람처럼 얼굴이 와락 구겨졌다.

"그것도 총이잖아."

"그랜파! 이거 말고 화약! 화약총 줘야지!"

"이런 망할 놈이. 내가 무기상이라도 되냐! 시끄럽게 하지 말고 당장 나가!"

신 영감은 어떻게 저런 놈이 전직 정보요원이었는지 믿을 수가 없다며 레이를 쫓아냈다.

"휴, 별수 없이 도검에 만족해야 하나."

마음 같아선 미국에 연락을 넣어 물건을 잔뜩 공수해 오고 싶었다. 하지만 국외 연락은 철저히 차단된 상태. 그건 고주봉의 요청이 아니더라도 스스로 자제해야 할 부분이었다.

"부산 쪽 브로커를 찾아봐?"

자신의 물건을 한국까지 밀반입했던 브로커라면 무기를 구할 수 있을지 몰랐다.

레이가 이런저런 궁리를 하고 있을 때 나갔던 고주봉이 돌아왔다.

"존. 할 말이 있다."

"용건만 간단히 하자."

"무장을 해야겠어."

"한국에선 필요 없다니까. 괜히 가지고 있다가 노출이라도 되면 일만 커져."

"하지만 너도 알다시피 내 주특기가 무기류인데 그걸 포기하고 놈들과 싸우라는 건 위험이 너무 높아."

고주봉은 천지운의 모습을 떠올렸다. 그 혼자라면 무리가 없겠지만 그런 능력을 가진 자들이 여럿이라면 확실히 버거울 수도 있었다. 하지만 국내에서 총기류 사용은 확실히 부담이 컸다.

"소음기 달고 저격용으로 사용하면 되지 않을까? 소란스럽지도 않을 것이고. 너랑 미스 황 백업도 가능하잖아."

레이의 말에 고주봉은 귀가 솔깃해졌다. 레이는 외국인인데다 눈에 튀는 외모를 지니고 있어 자신들처럼 활동하기 어려운 점이 있었다. 하지만 보이지 않는 칼로 활용한다면 확실히 도움이 될 것이다.

"알아보지."

"오케이!"

레이는 잘 생각했다며 아이처럼 좋아하더니 자신의 방으로 달려갔다.

"머리가 확실히 이상해진 게 맞는 것 같군. 활기찬 성격이긴 했지만 저 정도는 아니었는데."

요즘 들어 두통은 많이 사라졌다고 하지만 성격이나 행동에 있어선 처음보다 더 이상해져 버렸다.

"필요요소면서도 불안요소로군."

결정적 순간에 문제가 될 수도 있다는 생각에 은근히 신경 쓰이는 존재가 레이다.

"센터장님. 김 검사에게 연락이 왔었습니다."

"김하림 검사?"

“네.”

병실에서 나눴던 이야기가 신경을 쓰였던 모양이다.

“별수 없잖아. 조직 생활하는 자들의 한계지.”

“네? 그게 무슨 말인지…….”

미스 황은 고주봉의 말에 고개를 갸웃거렸다.

“도와줄 수 없다더군.”

“그래요? 방금 전 전화에선 내용이 다르던데.”

“응?”

“협조하겠답니다. 그러다 잘리면 변호사 개업하겠다던데요.”

미스 황의 말에 고주봉은 ‘진짜?’ 하는 표정이 되었다.

“네. 그리고 제임스 대표 깨어났답니다. 의식이 완전히 돌아온 것은 아니지만 조만간 일어날 수도 있다는군요.”

“반가운 소식이 둘이나 들어왔네.”

“네. 그런 셈이죠.”

미스 황 역시 나쁘지 않은 소식이라며 고개를 끄덕였다.

“레이에게 무기를 구해줘야 할 것 같은데. 가능할까?”

“허락하기로 한 거군요.”

“백업을 담당하는 저격병으로.”

미스 황은 잠시 생각을 하더니 한번 알아보겠다고 했다.

“장담은 할 수 없지만 예전에 알던 사람이 그쪽에 있습니다. 연락은 한번 해보죠."

"예전에? 검사 시절에 무기상도 알고 지냈어?"

고주봉은 의아한 표정이다.

"무기상과 알고 지낸 게 아니라 브로커로 활동하는 놈을 잡아들인 적이 있었다는 게 정확하죠."

"좋아, 그건 미스 황이 알아서 하고 한서연은?"

"스케줄 확인했습니다. 오늘 밤부터 다시 촬영에 들어간다는 군요."

"좋아. 움직여 보자고."

고주봉은 손뼉을 치며 기운을 불어넣었다.

*　　*　　*

고주봉과 미스 황, 레이와 신 영감 네 사람이 파주 촬영지에 도착한 것은 오후 네 시쯤이다. 첫 촬영은 출판도시에서 시작해 한탄강에서 마무리된다. 추격액션을 표방하는 일종의 로드액션 영화였는데 한서연은 강인한 여전사 캐릭터를 연기한다고 했다.

"강인한 여전사 캐릭터라."

레이와 신 영감은 머릿속에 그림이 그려지지 않는다며 끙끙거렸다. 천사 같고 소녀 같은 한서연이 거칠게 움직이며 도로를 질주한다니 있을 수 없는 일이었다.

"얼굴에 분칠한 것들 믿지 말라는 소리 못 들어봤습니까?"

고주봉은 홀릴 사람이 없어서 여배우에게 홀렸냐며 혀를 찼다.

"여배우가 아니어도 여자는 변화에 능하죠. 마음만 먹는다면 바보 같은 남자 정도는 얼마든지 해치울 수 있습니다."

미스 황이 말을 덧붙이자 신 영감과 레이가 피식거리며 웃음을 흘렸다.

"무슨 의미죠?"

"뭐, 그렇다 해두죠."

레이는 한마디 툭 던지더니 신 영감과 '웃기고 있네' 라든지 '웃기려고 한 말이겠지' 등의 말을 주고받았다.

미스 황의 얼굴이 잠시 경직됐지만 딱히 화를 내거나 문제 삼지는 않았다.

"기분 나쁘지 않아? 저렇게 노골적으로 이야기하는데."

고주봉은 덤덤한 얼굴로 앉아 있는 미스 황에게 질문했다.

"바보들끼리 노는데 낄 이유 없습니다."

미스 황의 말에 고주봉은 '그럴지도'라며 고개를 끄덕여 버렸다. 입주자와 집주인으로 관계를 정리하더니 두 사람은 최근 부쩍 가까워졌다. 특히 여자와 관련된 부분에 있어선 잠도 자지 않고 토론을 벌일 정도니 미스 황 말대로 확실히 나사가 풀려 보이기도 했다. 하지만 일에 있어선 프로의 이름을 충분히 지켜낼 사람들이니 개인적 취향에 대해선 딱히 문제 삼지 않았다.

"저기에 제임스 대표까지 합류하면 볼 만할 겁니다."

"흠. 확실히……."

미스 황은 안 봐도 훤하다는 듯 입술을 실룩거렸고 고주봉은 이번에도 충분히 공감해 버렸다.

"그나저나 늦네."

고주봉은 한서연의 도착이 늦어지자 살짝 짜증이 났다.

"주연배우들은 그들 나름대로 프라이드가 있는 겁니다."

"훗."

고주봉은 한서연과 프라이드라는 단어가 매치되지 않는지 피식 웃어버렸다.

"센터장님."

"응?"

"한서연은 대한민국 최고의 여자입니다."

"그런가?"

고주봉은 딱히 인정하고 싶지 않다는 듯 시큰둥했다.

"봉 센터에선 상관하지 않았지만 밖에서 그에 맞춰 행동해 주십시오."

"……"

"쓸데없이 행동했다가 스태프들이나 관계자들 눈 밖에 나면 업무가 힘들어질 겁니다."

고주봉은 미스 황의 조건에 일단 고개를 끄덕였다. 딱히 틀린 말은 아니었다. 하지만 그렇다고 팬이라도 된 듯 살살거릴 생각도 없었다.

"뭐 대충은."

한서연의 촬영 소식에 출판도시 한쪽 블록을 가득 매우고 있는 팬클럽을 보며 미스 황이 다시 한 번 상황을 주지했다.

"사생팬들에게 걸리면 신상 털리는 건 순식간입니다. 봉 센터를 인터넷에 광고라도 하실 생각이라면 더 이상 말리지 않겠습니다."

고주봉은 미스 황의 손끝을 따라 팬들이 모여 있는 곳을 바라봤다. 개나 소나 다들 카메라를 들고 한서연이 오기만 기다리는 모습이 마치 굶주린 들개들처럼 느껴졌다. 한서연에게 티끌만큼이라도 해를 입히는 자가 있다면 '가만두지 않겠다'는 오오라가 여기까지 느껴졌다.

"어흠. 노력하지."

"그 대답을 기다렸습니다."

미스 황은 잘 생각했다는 듯 고개를 끄덕였다.

"꺄아~"

"누나!"

"언니!"

"사랑해요!"

갑자기 비명소리가 터지더니 온갖 수식어와 함께 한서연을 부르는 소리가 울려 퍼졌다. 드디어 그녀가 도착한 것이다.

"왔군."

고주봉은 일행과 함께 스타크래프트밴 쪽으로 이동했다. 그러자 스텝과 기획사 관계자로 보이는 이들이 고주봉 일행을 막아섰다. 레이는 이야기되어 있던 거 아니냐며 고주봉을 바라봤지만 딱히 나서는 기미가 없자 그 역시 자리를 지켰다.

밴을 따라 움직이던 차량에서 이어폰을 낀 블랙맨들이 내리더니 밴을 중심으로 가이드라인을 만들었다.

잠시 뒤 도어가 열리며 코디로 보이는 여자 한 명과 메이크업 케이스를 든 여자가 모습을 드러냈다.

밴 주변에 모여든 팬들의 함성은 점점 볼륨이 높아졌고 고주봉 일행은 귀가 울려 미간을 찡그리기까지 했다.

분위기가 고조되고 정점에 차올랐을 때 쫙 빠진 다리 하나가 밖으로 모습을 드러냈다. 팬들의 함성을 한계를 넘어 괴성에 가까워졌다.

블랙으로 멜라민 코팅이 된 바지에 스크래치 가득한 가죽 재킷. 야성미가 느껴지는 웨이브 머리칼이 때맞춰 불어온 바람에 한쪽으로 쏠리면서 시원한 이마가 모습을 드러냈다.

“와!”

“꺄!”

얼마 전 봉 센터에서 보았던 수수한 모습은 오간데 없고 짙은 스모키 화장에 도발적인 눈빛을 간직한 여전사가 모습을 나타내자 밴 주변은 열광의 도가니가 되었다. 아이돌 가수도 아닌 여배우에겐 엄청난 팬심이었다.

바지와 마찬가지로 멜리민 코팅된 워커가 뚜벅뚜벅 소리를 내자 앞을 막고 있던 이들이 홍해처럼 갈라졌다.

그녀는 팬들의 환호에 화답이라도 하듯 가볍게 손을 흔들었다. 감정이 극도로 과해져 있던 몇몇 팬이 그녀의 손짓에 정신을 잃고 쓰러졌다.

“허… 사이비 교주도 이 정도는 아니다.”

고주봉은 두 눈으로 보면서도 도저히 믿기지 않는 듯 허탈한 음성이 되었다.

“그래서 주의를 드린 겁니다. 봉 센터에선 센터장님이 갑이지만 여기선 ‘정(丁)’도 되기 어렵다는 걸 잊지 마세요. 자칫 실수라도 하는 날엔 광팬들이 던진 카메라에 머리가 터질 수도 있습니다.”

꿀꺽.

갑자기 목이 타는지 마른침을 집어 삼킨 고주봉이 절대 그럴 일 없다는 듯 고개를 저었다.

한서연은 팬들 뒤쪽에서 자신을 바라보고 있는 고주봉을 발견하자 도발적인 미소를 날리며 입술에 손을 가져다댔다.

쪽~!

"우와!!"

"나야. 나라고!"

"죽어, 돼지! 바로 나다!"

한서연의 돌발 행동에 경호원들과 스텝들은 크게 당황했다. 한서연이 입맞춤을 날린 쪽 분위기가 급격히 달아올랐기 때문이다. 자칫 가이드라인이 밀리기라도 하는 날엔 대형 사고로 이어질 수도 있었다. 팬들의 사고는 그 대상인 배우에게도 이미지 손상이 될 수 있었다.

그러나 한서연은 아무런 문제가 없다는 표정이다.

콜로세움의 환호를 손짓 한 번으로 가라앉힌 네로 황제처럼 그녀가 손을 들어 올리자 환호가 잦아들었다.

"잘 지켜봐 주세요."

"네!"

"누군가 다치거나 질서를 잃는다면……."

"……."

"다시는 팬미팅 따위 없을 겁니다."

"오! 노!"

팬들은 단호한 음성으로 자신들을 바라보는 한서연의 모습에 절대 그럴 일 없을 거라며 스스로 자제하기 시작했다. 사실 한서연의 광팬들은 아름다운 모습보다 끊고 맺음이 확실한 그녀의 카리스마에 빠져드는 경우가 태반이었다.

"그럼. 시작해 볼까요?"

한서연이 촬영장으로 향하기 시작하자 팬들은 무리별로 질서를 조율하기 시작했다.

"만화 같은 일이 실제로 벌어지다니."

한때 김하림이 그랬던 것처럼 이번엔 고주봉이 현실감을 잃어버렸다.

"말로만 들었는데 직접 보니 명불허전이군요. 한서연, 여자가 봐도 멋져요."

"질투나지 않아?"

"이런 건 질투가 아니라 선망이라고 하는 거죠."

미스 황의 대답에 고주봉은 살짝 당황한 기색이다. 천하에 얼음 마녀 황미나가 여배우를 상대로 선망이라는 단어를 사용하다니!

"2차 대전에 독일에 있었다면 괴벨보다는 한서연이 선전부장이 됐겠어. 대중을 흔드는 능력이 탁월하군."

　신 영감 역시 한서연을 다시 봤다는 듯 상당히 놀란 눈치였
다.

“그랜파. 결정했습니다.”

“응? 뭘?”

“한서연. 저의 피앙세입니다.”

레이는 완전히 반해 버렸는지 눈이 반쯤 풀려 있었다.

　‘아서라. 8년 전부터 코맹맹이 소리로 ‘오라버니’ 하면서
쫓아다니는 남자가 네 옆에 있다.’

“다들 움직이죠. 팬들이 빠져나갔으니 이동해도 될 것 같
습니다.”

　미스 황은 세 남자를 이끌고 한서연이 보낸 스태프 뒤를 따
라갔다.

＊　　　＊　　　＊

“납치된 사람은 어떻게 됐지?”

봉방규가 의식이 돌아오고 처음으로 한 말이다.

이소라는 봉방규가 깨어나자 기뻐서 의사를 불러놓고 눈
물이 글썽이며 그를 바라봤다.

“묻잖아.”

“눈앞에 있잖아요.”

“뭐?”

봉방규는 왜 이소라가 자신의 병실에 있는지 의아해하다가 납치된 사람이 그녀였다는 것을 깨닫고 놀란 표정을 지었다.

“덕분에 살았어요.”

“그랬었군. 어쩐지…….”

“네?”

“영상을 보는데 내가 아는 사람 같더라고.”

봉방규는 기억이 날 듯 말 듯했던 이유를 알 것 같았다. 평소 선머슴 같던 이소라가 여자처럼 꾸미고 있었으니 다소 헷갈렸던 것이다.

“놈들은?”

“놓쳤어요. 미안해요.”

“그랬나…….”

봉방규는 범인들을 놓쳤다는 말에 눈빛이 서늘해졌다.

“수술은 잘 끝났고 상처도 잘 아물었어요.”

“다행이군.”

“네. 그나마 다행이죠.”

“아니. 놈들을 놓쳤다는 거.”

“네?”

이소라는 그게 무슨 소리냐며 황당한 표정을 지었다.

“고주봉 그 자식도 실패했다는 소리잖아.”

“…….”

봉방규는 천천히 팔을 움직여 보더니 다시 입을 열었다.

“봉 센터는 어떻게 하고 있지? 그 자식 성격에 가만있을 놈이 아닌데.”

“그게. 의심스러운 사건을 발견했나 봐요. 오늘 그쪽으로 간다고 하더군요.”

“전화 좀 쓸 수 있을까?”

이소라는 어렵지 않다는 듯 자신의 스마트폰을 넘겨줬다.

“나야.”

―대표님! 깨어나셨군요.

“멀쩡하니까 호들갑 떨지 말고. 봉 센터 오늘 움직였다면서.”

―네. 파주 쪽 촬영장으로 갔습니다.

“촬영장?”

의심되는 사건을 발견했다 들었는데 갑자기 촬영장이란 말이 들려오자 의아한 표정이다.

“정확히 설명해 봐.”

―야외 촬영장에서 의문의 실종사건입니다.

“우리도 간다. 준비해서 이쪽으로 와.”

─네? 안 됩니다. 대표님 몸 상태가…….

"이 정도 상처는 아무것도 아니야. 더한 상황에서도 목표를 놓쳐 본 적이 없는 나다."

─다시 생각해 보시죠.

"지시는 내렸다. 끊지."

봉방규는 일방적으로 전화를 끊고 스마트폰을 돌려주더니 팔에 꽂혀 있는 링거 주사 바늘을 뽑아버렸다.

"지금 뭐하는 거예요!"

통화 내용이 심상치 않다 생각했지만 설마 지금 몸으로 움직이겠다고 하자 이소라가 소리를 질렀다.

"이소라 경위."

"왜요!"

"죽어도 여기서는 아니야."

"그게 무슨 소리예요!"

"도와주지 않을 거면 비켜."

봉방규는 몸에 붙어 있는 바이탈 체크기를 뜯어버리고 몸을 일으켰다. 찌릿한 통증이 가슴과 등에서 동시에 몰려왔다.

"잘 아물었나 보군."

잠시 상처를 눌러보던 봉방규는 침대를 내려왔다.

"미친 짓이에요. 당신이 간다고 해도 그 몸으론 할 수 있는 게 없다구요."

이소라는 봉방규의 어깨를 붙잡으며 말렸지만 그녀가 알던 평소의 봉방규가 아니었다. 기계처럼 몸을 풀며 상태를 점검하던 봉방규는 병실 옷장을 열었다.

"옷이… 없군."

봉방규는 환자복을 입은 자신을 내려다보다 이소라의 스마트폰을 뺏어 들었다.

"안 된다니까요!"

이소라는 극구 말렸지만 봉방규는 다시 통화를 시작했다.

"올 때 옷도 챙겨오고. 내 장비들 빠뜨리지 말고 다 가져와."

—대표님!

"퇴원 중이다. 늦지 않게 도착해."

이번에도 할 말만 하고 전화를 끊어버린 봉방규는 냉장고를 문을 열었다.

"단 게 필요한데……."

냉장고 안이 텅 비어 있자 문병 온 사람이 그렇게 없었냐는 듯 이소라를 바라봤다.

"그게……."

자신이 심심할 때 하나씩 빼먹었다는 말을 할 수 없어 망설이는 사이 이소라의 연락을 받은 의사가 들이닥쳤다.

“지금 뭐하는 겁니까!”

의사는 제 정신이냐는 듯 봉방규를 막아섰다.

“하나 물읍시다.”

“대답해 줄 테니 일단 자리로 돌아가요.”

“장에 구멍이 났습니까?”

뜬금없이 장에 구멍이 났냐는 봉방규의 말에 의사는 고개
를 저었다.

“장기는 콩팥 쪽이…….”

“그럼 됐군.”

봉방규는 소화기관이 다치지 않았다는 말에 고개를 끄덕
이더니 의사의 목 언저리를 꾹 눌러 버렸다.

“지금 무슨 짓을… 억!”

의사는 잠시 반항을 하려 했지만 몇 번 움직이지 못하고 그
대로 쓰러져 버렸다.

“가운 좀 빌립시다.”

봉방규는 의사 가운을 벗겨내더니 그대로 몸에 걸치고 밖
으로 나갔다.

“같이 가요!”

이소라는 봉방규를 말릴 수 없다는 생각이 들자 동행을 하
는 게 낫겠단 생각이 들었다. 그를 막아서려 했다간 자신도
의사 꼴 날 수가 있는 것이다.

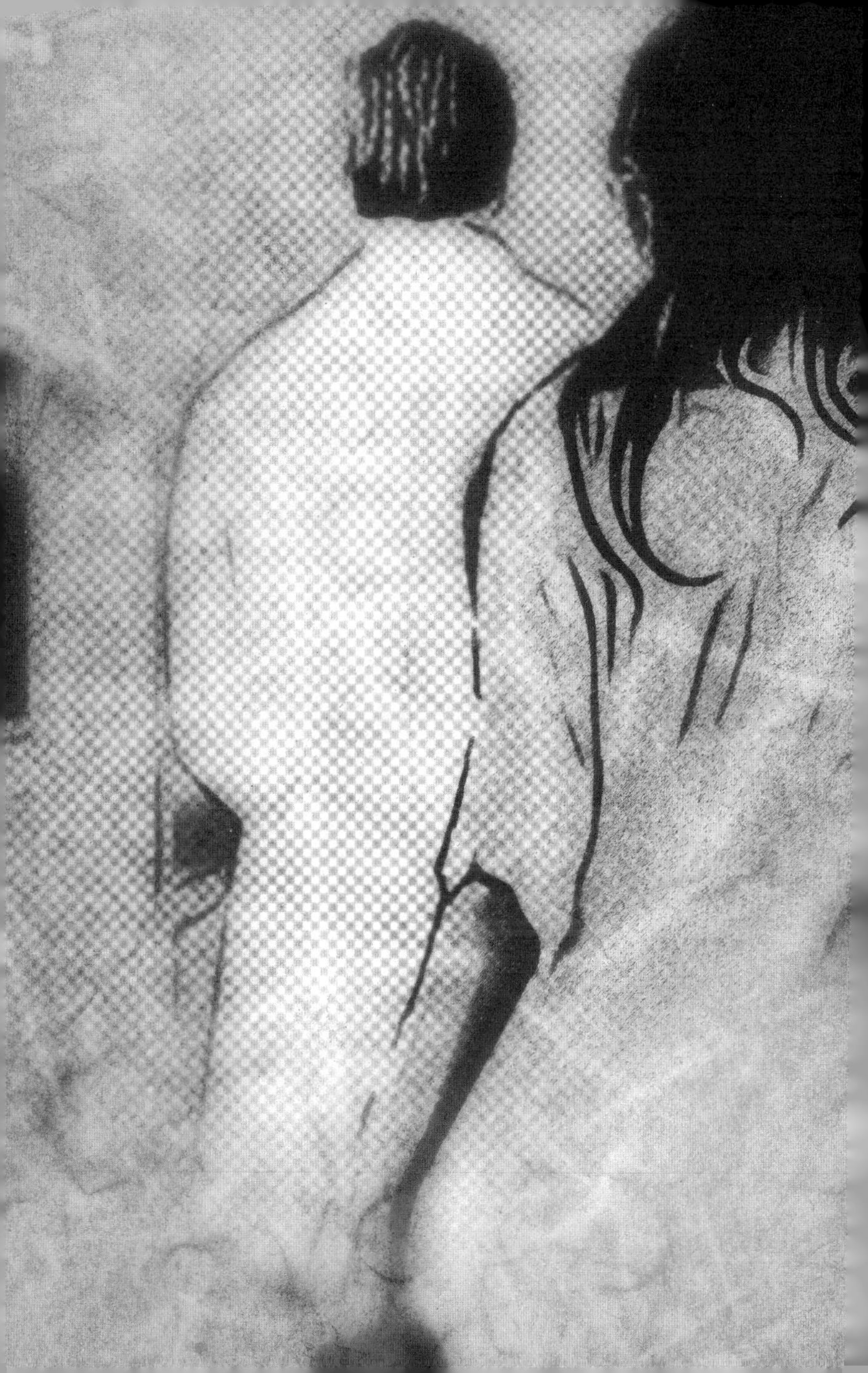

'그런데 어떻게 한 거지?'

순식간에 성인 남성을 기절시켜 버린 봉방규의 기술에 놀랍기도 하고 신기하도 했다.

"이번엔 못 구해줄지 모르니 오지 마."

"내 몸은 내가 지켜요! 당신이나 병실로 돌아가요."

"동문서답이군. 각자 알아서 하지."

봉방규는 더 이상 할 말이 없다는 듯 복도를 걷기 시작했다. 처음엔 몸이 불편한지 어색해 보였지만 5분 정도 시간이 지나자 아무렇지도 않게 걷는 봉방규다.

'진짜 괜찮은 건가……'

이소라는 봉방규가 멀쩡하게 움직이자 그의 상태를 어떻게 받아들여야 할지 혼란스러웠다.

"그런데 가서 어쩌려구요?"

이소라는 너무 무대포 아니냐며 걱정스럽게 물어봤다.

"내가 정신을 잃은 지 얼마나 됐지?"

"보름 정도……."

"그럼 아직 가능성이 있다."

"가능성이라니 그게 무슨……."

봉방규는 재미있다는 듯 웃음을 보이더니 다시 입을 열었다.

"고주봉은 모르는 나만의 정보가 하나 있지."

“네?”

“일단 놈이 촬영장에 있는지부터 확인해 보자고. 그리고
그곳에 있다면 난 놈을 바로 알아볼 수 있다. 고주봉은 죽었
다 깨어나도 모르겠지만.”

“무슨 소리를 하는 건지. 죽었다 살아나더니 아직도 정신
을 못 차린 거 아니에요?”

이소라의 말에 봉방규는 그렇게 보이냐며 큭큭거렸다.

“자세한 건 직원들 오면 해주지.”

“만약 범인이 그곳에 있다고 해도 당신은 나서지 말아요,
내가 잡을 테니까.”

“그건 안 되지. 내 몸에 바람구멍을 내준 놈인데 받은 건
돌려줘야지 않겠어?”

이소라는 뭐 이런 남자가 다 있냐는 듯 얼굴 가득 인상을
썼다. 장난기 많고 나름 능력 있는 사람이라고 생각했었던 과
거의 기억이 점차 옅어지더니 그 자리에 보기완 달리 그가 무
서운 사람일지도 모르겠다는 생각이 파고들기 시작했다. 하
지만 그럼에도 불구하고 그를 따라가는 발걸음은 도저히 멈
출 수가 없었다.

이 남자가 다시 쓰러진다면 도저히 못 견딜 것 같은 기분이
들었기 때문이다.

*　　*　　*

　목발에 의지한 자는 그것을 잃어버리는 순간 어떤 곳도 갈 수 없다.

　목발을 이용하는 자는 그것을 잃어버렸다 해도 나머지 한쪽 발이 정상임을 잊지 않는다.

『퍼슈어』 3권에 계속…

拳王降臨
권왕강림
FUSION FANTASTIC STORY
무명서생 장편 소설
강렬함을 원하는가?
원한다면 읽어라!
『권왕강림』
주먹으로 마왕을 때려잡던 이계의 피스트 마스터, 카론!
나약한 왕따와 영혼이 교체되어 현대에 다시 태어나다!
"앞을 가로막는 자는 때려눕힌다!"
맨손으로 불평등한 세상을 평정할
위대한 권왕의 이름을 기억하라!
권왕 상두 강! 림!
Book Publishing CHUNGEORAM
군림이 아닌 자유추구 -
WWW.chungeoram.com

FANTASTIC ORIENTAL HEROES
백야 新무협 판타지 소설
浪人天下
낭인천하
낭인천하
浪人天下
낭인천하
백야 新무협 판타지 소설
2
1

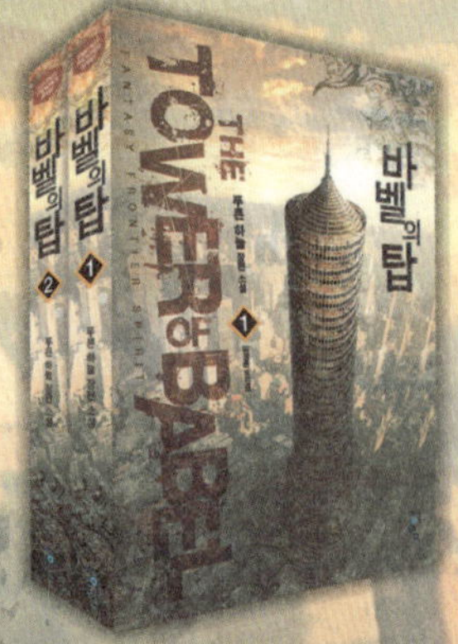

拳王降臨
권왕강림
FUSION FANTASTIC STORY
무명서생 장편 소설